兩個女人住一起

非關愛情的同居時代

여자 둘이 살고 있습니다

金荷娜・黃善宇 著　簡郁璇 譯

目錄

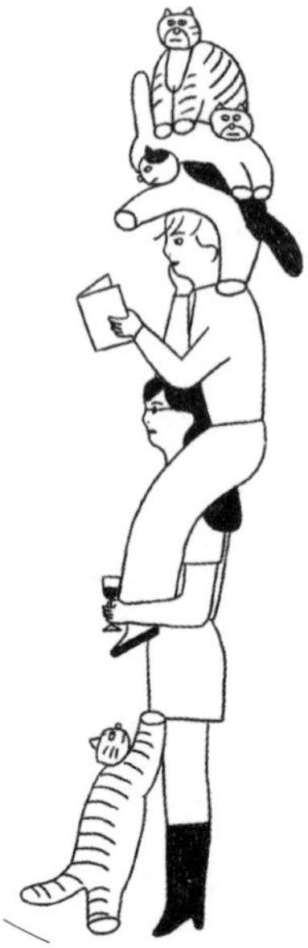

CAST

分子家庭誕生！

金

「一個人住很適合我。」

我認為這句話要體驗個十年，才有資格說。就我而言，起初我覺得一個人住超棒，雖然也曾和朋友一起住，但個性和生活習慣很不合，又共用不怎麼寬敞的空間，導致雙方壓力都很大。我也曾認為，在完全屬於我的空間裡，小至一張腳踏墊到晾衣服，甚至擺書的方式，都能按照我的想法做，才符合我的個性。直到過了十幾年這種生活後，我似乎又開始累積起別的壓力。

那是在釜山爸媽家過夜的某天早上。爸媽一大早就在準備早餐，瓦斯爐上不知道在煮什麼，發出咕嘟咕嘟的沸騰聲。我很自然地被擱放碗盤時互相碰撞的聲音吵醒，聞到了米飯和湯的香味。我在聲響與香氣之中躺臥著，覺得好溫暖、好溫暖，莫名有點想流淚。這些之所以會讓我覺得那麼溫暖，也意味著我獨自在靜謐早晨起床時的溫度並非如此。自從那天早晨之後，我開始留意一個人住時必須耗費的能量，尤其到了晚上，我會不自覺地花很多力氣在胡思亂想與不安。可能就是在那個時間點，那種疲勞感超越了獨自生活的輕盈與享受。

但結婚似乎不是答案。為了逃避獨處的疲累就跳進婚姻制度、婆家生活和父權制之中，無疑是自投羅網的愚蠢行為。假如真有魅力爆棚、足以把我變成愛情傻子的男人突然出現，也許就很難說，但這也不是我想要的，於是我很自然地開始摸索其他的生活方式。

我曾經試探過朋友們要不要一起住，也打聽了share house[1]，後來碰到情況和我相似的朋友，最後就一起住了。我們都是釜山人，一個人在外頭住了很多年，終於開始思考獨居與結婚以外的生活方式，對方也和我一樣，養了兩隻貓。我們在銀行的協助下買了一間寬敞的房子，這比兩人個別去找房子更加有

1 新興的共居模式，只須支付月租，少了傳統租賃的押金等費用。可擁有私人空間，也共享公共區域的相關設施，並增加認識不同人的機會與交流活動。

利。一個人頂多只能找到一間廚房、洗手間和玄關全部擠在一起的十幾坪套房，但兩人共用一應俱全的三十坪公寓，不僅更寬敞也更舒適。連四隻貓也可以在前所未有的大空間裡跳來跳去。最關鍵的是，這間房子有浴缸。我對獨居小套房也沒什麼不滿，唯一的遺憾就是沒有浴缸。

如今我和同居人一起住了兩年多，滿意度可說是最高等級。同居人會負責做料理、洗衣服還有弄亂家裡，而我負責洗碗、打掃、整理洗好的衣物，家事分配達到了絕妙平衡。晚上躺在床上、準備睡覺時，只要想到家裡還有另一個人在，緊張感就會緩和下來。聽到彼此的動靜，自然而然地從睡夢中醒來，每天在家中打招呼（「昨晚有睡好嗎？」「快點來。」「我出門了！」），為日常生活賦予了活力。

一個人住時，必須花很多工夫去維持「情緒溫度」，但因為兩人一起住，很自然地就能達到，我很喜歡。當然，我還可以盡情地泡在浴缸裡，維持身體上的溫度。

還有最棒的一點，就是我們依然「單身」。每逢佳節，我們會各自回父母家，問候自己的父母。兩邊的父母都對我們一起住這件事非常滿意，又或者該說是感到放心、踏實。同居人的母親精通料理，總會準備我喜歡的小菜寄上來。我既不用親自登門拜訪，或規劃什麼盡孝道的旅行，只要說一句：「好好吃！」就夠了，單身的輕盈感和同居的優點就這樣同時並存。當然，我們算是各方面都很契合的幸運案例。假如當初我們認為在獨自生活與結婚之外別無選擇，就不可能會有現在的快樂同居生活，想想看，那有多可惜啊！

據說韓國的一人家庭比例將近三成。一人戶就好比原子，自己可以生活得很快樂，但如果超過某個臨界點，也可能和其他原子結合，最後形成分子。分子可以由兩個原子結合，也可以是三個、四個，甚至是十二個。結合可以很緊密，也可以很寬鬆。名為女人和男人的兩個原子緊密結合，才是家庭根基的時代已逐漸遠去，往後將會有無數種形式的「分子家庭」誕生。好比說，我們家的分子式應該可以寫成 W_2C_4 —— 兩個女人，四隻貓。

現在的分子構造，可說是穩定得不得了。

我曾經「獨身力」滿點

隨著「獨飯[2]」的概念受到矚目，區分等級的相關文章也在網路上廣傳，好比說在超商吃泡麵是第幾級，在高級餐廳吃飯又是第幾級。這種說法讓我覺得很新奇，因為獨自吃飯對我來說真的輕而易舉。身為一個愛吃的人，而且獨居快二十年，很自然就會進化成不管有沒有伴，一個人都能照吃照喝的體質。不管怎麼鬧脾氣、撒嬌都沒人理你時，就只能學著變成大人，開始自己動手料理，甚至毫無顧忌地一個人在餐廳吃飯。只要讓飢餓和食慾成為助力，跨越他人視線的關卡後，獨自吃飯根本輕鬆又愉快。

我第一次「獨飯」的強烈記憶是在大四的秋天，去一家大企業參加最終面試後，回到學校附近。當時與其說是肚子餓，全身無力的感覺更強烈，我後悔著沒有說出更與眾不同的答案，也為自己看起來一定很緊張而耿耿於懷，但跨越一個難關後瞬間解脫的心情也如漲潮般襲來。當時我已經有預感那家公司不會錄取我，又想到不只今天晚上，往後還有好多個困難門檻要過，不由得感到茫然，膝蓋也跟著發軟。搞不好那算是把必須用盡洪荒之力捱過的社會生活壓縮後，提前體驗了一番。那天，我拿著公司給的面試費信封袋，走進新村某家烤豬肋排店。

獨飯時，點兩人份的肉是對烤盤的基本禮儀。自炊族沒有什麼吃蔬菜的機會，所以我也很勤奮地用生菜包肉，還點了大醬湯和白飯。如果點牛肉，會因為肉片熟得太快而吃得手忙腳亂，但豬肉可以保住我的體面，優雅地慢慢吃。那時的肉確實很美味，它似乎也替搞砸面試後有些委靡的自我，補充了飽滿的膠原蛋白。果然如我的預想，我沒有錄取那間大企業，不過我也得到了幾項收穫——當身心需要力氣時，就要好好餵飽自己的體悟；一個人大方地走進烤肉

2 혼밥，意為一個人吃飯。韓國文化強調群體概念，一個人吃飯常有孤單、沒朋友等負面觀感。隨著時代變遷，「獨飯」也成為新趨勢，不再具有負面意涵。

店，烤兩人份來吃的經驗值；以及將小小的失敗吞下去的消化能力等，自行領悟了「當心情碰上低氣壓，就向肉片報到」這句至理名言。

不久後，我在比那間大企業更適合我興趣的雜誌社找到了工作，經常要聚餐或與加班的同事們一起吃飯，獨飯反而成為可以安靜、從容吃一餐的珍貴時光。

獨自旅行，又比獨飯的最高等級還高出了一、兩階。不只用餐，所有行程都是一個人，在路線、移動等旅途中會碰到的無數選擇面前，沒有人可以商量，必須自行做出決定與回應。朋友的忙碌行程總是很難配合，後來獨自旅行也成為習慣，獨身力日益提升。我可以迅速判斷要進哪個美術館看展覽、跳過哪個古蹟、要抄哪條捷徑，為了欣賞風景而繞行海岸線，同時享受移動的快感。當時的我相信，獨自一人與秩序相似，快速、自在又美好。

四年前，我一個人去學了衝浪。比我早好幾週去學衝浪的朋友不斷慫恿，加上我剛好有兩天的平日休假，於是在朋友推薦的江原道襄陽竹島海邊的衝浪店兼民宿預約了教學與住宿，開車前往。比首爾率先走進新季節的寒溪嶺，同時帶著晚夏與初秋的閃耀光芒。看到喜歡的地方，想停下來就可以停下，想怎麼讚嘆就怎麼讚嘆，只不過沒有傾聽的人罷了。雖然是初次學習衝浪，但實在好玩極了！橡膠材質的衝浪防寒衣會緊貼在身上，導致我必須用很詭異的姿勢穿脫；海邊那些皮膚晒得黝黑的衝浪者來來去去，充滿異國情調，都是大開眼界的新奇體驗。比人還高大的衝浪板比想像得更為沉重，將它扣在腳踝上，進入大海中央，等待波浪湧上來的反覆過程，十分消耗力氣。當適當的波浪靠近時，要趕緊划水出去，迅速站起維持身體平衡。好幾次我都摔入海中吃了水，最後終於成功起乘[3]，順暢地滑進海岸，真是太刺激了！雖然也玩過滑雪板和划水[4]，但衝浪不論是波浪、重力或水的質感，都帶來截然不同的趣味。這股莫大的快感，確實值得搬著巨大的衝浪板，腳步踉蹌地走進大海，靜靜等候浪潮來襲。

課程結束的晚上，想說都來到東海岸了，不能不吃一下生魚片啊。但許多地方都不提供一人套餐，我打電話問了好幾家生魚片餐廳，才好不容易預約成功。我一個人開車過去，享用美味的一餐，接著回到民宿。一切都如預想般進行得迅速俐落，也靠全新的體驗度過了充實的三天兩夜。無論是驚嘆不已的瞬間，或遭遇挫折的瞬間，始終都是一個人。仔細想想，我覺得這樣足夠了。我一向討厭因為只有一個人而做不了某件事，所以無論是什麼，即便一個人也會去做，也都做得很棒，只不過我把這件事看得太過自然了，這個世界上，明明還存在著獨樂樂不如眾樂樂的事。

3 Take off，衝浪專有名詞，指從海中跳起站在浪板上。
4 Waterskiing，藉助動力牽引，使人在水面上「行走」的水上運動。

電影《巴黎可以等待》（Paris Can Wait）中，黛安．蓮恩在旅行中偶然碰上一個法國男人，時間一再被拖延，硬是被安插了不在預定計畫內的行程。這個法國男人是個碰上風景秀麗的地方，就必須鋪上一席餐巾野餐，就算飲酒後不能開車，也無法想像美食沒有紅酒相伴的人。雖然路途緩慢又不講求效率，讓人急得像熱鍋上的螞蟻，黛安．蓮恩卻在岔路中看見了美得令人咋舌的風景。假如沒有同行之人，就絕對不會走入那條岔路。假如《巴黎可以等待》以最快速的直線道路、最短的距離直奔目的地，電影從一開始就等於結束了。在不斷繞來繞去、走走停停的緩速旅行中，某個人不斷帶進了脫離原本意圖與計畫的事件，才構成這篇故事。

經過創下獨身力最高峰的衝浪旅行後，我就像從山頂走下山般，自然而然地轉變成規劃和好友一起去做某件事的人。該年秋天，我和兩位朋友一起去日本旅行了十天，接著從隔年冬天開始，就和現在的同居人住在一起了。

我依然覺得獨自吃的飯很美味，也熱愛獨自旅行的簡便機動性，但另一方面也開始相信，一個人做的一切都會成為記憶，但和別人一起做，就會變成回憶。嘗過把那些感嘆或嘀咕，都像內心獨白般把它們吞下去的滋味後，我開始想要把它們說出口了。

要是和這個人一起住會怎樣？

金

我是在二〇一〇年第一次知道了黃善宇這個人。當時我剛從南美旅行歸來，對Twitter產生了興趣，問了幾個朋友追蹤誰比較有趣，結果他們推薦了《W Korea》的編輯黃善宇，帳號是@bestrongnow（很多人念成best-strong-now）。主張強悍的女人，這點就先讓我產生了好感，追蹤後，發現她對各個領域都很博學，也很有品味與幽默感，就更欣賞這個人了。

黃善宇在《W Korea》等媒體的專欄文章總是犀利風趣，我經常會在讀文章時心想「是誰這麼會寫文章，怎麼寫得這麼鏗鏘有力啊？」最後就會在結尾看到「編輯黃善宇」的大名。她經常在世界各地奔波，訪問蒂妲・絲雲頓、艾倫・狄波頓、傑夫・昆斯、安妮艾諾、尚－雅克・桑貝、李禹煥、保羅・奧斯特等響叮噹的人物，實在帥氣。

第一次在現實生活中見到黃善宇，是透過Twitter得知的跳蚤市場，我和設計師李艾莉也是那天初次見面。即便在當時，我也不曾想過日後會和李艾莉、黃善宇住在同一棟大樓，甚至與後者同住一個屋簷下。

我和黃善宇平時跑的地方相似，有時會在酒館、演唱會、音樂節等場合碰到，自然就玩在了一塊，成為一年會見個兩次面的朋友。就這樣過了六年，雖然偶爾才見面，但經常在Twitter上互動。因為我倆都和兩隻貓一起生活，也經常談到這些。我還記得在無法成眠的夜裡，要是我在Twitter上自言自語，睡不著覺的黃善宇也會留下深有共鳴的回覆。雖然現在講起來很難置信，但黃善宇曾是長期失眠的象徵，而我當時也患有睡眠障礙。

我和黃善宇就這樣維持了好幾年不算親近的朋友關係，但我越來越感到神奇，因為我們相似的地方，也太多了吧！黃善宇是一九七七年五月生，身分證上登記的是一個月後的六月生，我是一九七六年十二月生，身分證登記為一九七七年一月生；兩人都有個一九七五年生的哥哥，都被取了「河英」、「善英」這種很女孩的名字；就連小時候，哥哥的外表比我們亮眼許多這點也相同。

黃善宇提早入學，所以和我同一屆，她是釜山廣安里人，我是釜山海雲臺人，等於兩人兒時玩耍的背景都是釜山知名的海水浴場。此外，我們都離開釜山到首爾求學，說巧不巧，考上的居然是同一所大學、同一個學院！黃善宇是延世大學英文系，而我是國文系。住在一起後聊天時發現，我們連很瑣碎的地方都有一致之處，實在太神奇了。

我們的運氣很好，高中校內成績評等都勉強達到第一等級，就連剛好在分界點全校第八名這點都一模一樣。（題外話，黃善宇大學入學考試的成績比我好，大學四年都領獎學金，而我則是某學期可以領獎學金，卻連需要自己申請的事都不知道，最後和獎學金失之交臂）。

我們都很喜歡音樂與酒，嗜好有許多重疊之處，不僅大學時期與之後常去的咖啡廳、酒館都差不多，連同時參加過某音樂家在某年演唱會的情況都不計其數。由於兩人都跑遍了可以稱得上是音樂節的活動，如果追溯並分析我們的

GPS足跡應該會超有趣。我們肯定曾在學校走廊擦身而過、在某間酒館坐隔壁桌、在某音樂節上一前一後等著上廁所，或在某場演唱會上坐過同一排。

如同電影《甜蜜蜜》的最後一幕，也許在兩人初次打招呼前，就已經在陌生的人群之中，與彼此擦身而過。知道這些巧合後，反而為過去不認識彼此而感到神奇與相見恨晚，我們實在太合拍了！

猶記得在因緣際會下，我和黃善宇在六年內首次一對一碰面的日子。我們第一攤喝紅酒、第二攤喝啤酒、第三攤喝威士忌，就這樣邊喝邊聊。無論我聊什麼主題，黃善宇都可以侃侃而談，但她不是那種自以為是的人，所以對話非常愉快。雖然背景和嗜好相近也有關，但最重要的是，兩人都熱愛開玩笑、笑點很接近，時不時就會爆笑出來。在那之後，我們經常一起去看電影、看展覽、喝酒，或邊聽音樂邊聊到深夜，變得非常要好。綜觀我見過的朋友，無論男女，黃善宇都無疑是最有魅力的談話對象。聊著聊著，碰巧得知黃善宇也想告別即將邁入二十年的獨居生活，摸索另一種形式的人生，而隨著見面的次數漸趨頻繁，我也不由得萌生「要是和這個人住，會是什麼模樣？」的想法。

我已經有相中的房子，想買下它，就需要另一名夥伴，而我很想和這個人同住一個屋簷下。

名為「他人」的異國

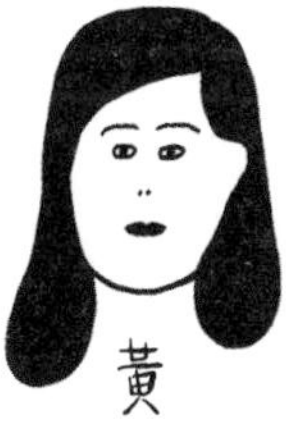

一抵達亞熱帶的機場，我的鼻子會最先出現反應。這輩子與鼻炎相伴的我，碰到乾燥的季節就很難用鼻子呼吸，痛苦得不得了，也因此，我十分熱愛抵達某個東南亞城市或塞班等熱帶海島的機場，往外跨出第一步時，被灼熱潮濕的空氣瞬間擁抱全身的感覺。體溫瞬間飆升的喜悅，猶如張開雙臂，用全身去擁抱一臉天真爛漫迎面撲來的小狗狗。不過幾小時的飛行時間，便有截然不同的空氣、陽光、植物、風景、建築樣貌和食物，種種令人稱奇的元素迎面而來，就是該地獨有的特質，各自拆開是毫無意義的。

每個人也像是各自保有不同溫度、濕度氣候帶與文化的國家，和某人相處的時光猶如去外國旅行般，會帶來趣味盎然的體驗。儘管「他人即地獄」這句流行語也有幾分道理，但就我看來，他人是一種無可比擬的全面娛樂。自己專屬的世界觀、音樂愛好、感興趣的事物、說話技巧、表情、肢體語言、信念、想像力、開玩笑的方式……這些要素會形成個人固有的氣質和魅力。只要懷抱尊重差異的旅行者禮儀，就能從他人身上看到我所缺乏的那種美。

我是在Twitter上首次知道金荷娜這個人，實際上見到綽號為「tol」或「Kimtolkong」（@kimtolkong）的這個人，是在我與李艾莉以賣家身分參加的某個跳蚤市場上。她個子嬌小、面相圓潤，模樣正如其名，帶給我深刻印象。身在同一場合的三人，竟在數年後住同一棟大樓，其中兩人還同住一個屋簷下，真是世事難料！大約也在那時，我得知金荷娜以總編輯自居的「Catchballweekly」並參加了聚會，雖然標題有「weekly」這個字，但它並不是一個每週發行的刊物，而是不定期發布貼文的聚會。這個社團以「冰友啊！來虛度光陰吧！」為口號，隨興號召時間能配合的朋友，在風光明媚的地方戴上螢光色黏巴球手套（上面畫有Pororo或哆啦A夢那類可愛圖案），一起玩丟接球。

除了「Catchballweekly」，金荷娜的帳號還連載了長達半年的南美旅遊記。那個旅行地點正是我魂牽夢縈，夢想著「總有一天要去一趟」卻遲遲不敢挑戰的地方。當時金荷娜辭掉廣告公司的工作，有許多空閒時間，於是把當文案所累積的專業寫作能量，全宣洩在貼文上。而我則像中了邪般，用宛如追星族的專注力貪婪地閱讀所有貼文。金荷娜就用這種方式，將自己的目標兼Catchball Weekly的精神發揚光大。

一個人應當引以為傲的，
不是住家坪數或汽車品牌，而是自己的好友，
但不是那位朋友多有成就、有權有勢，
而是朋友的廚藝有多好、
那個誰多懂得白吃白喝、
睡得有多香甜、歌聲有多好、有多不知變通，
我們一起暢飲多少酒、擁有多少啼笑皆非的回憶。
人生中真正該引以為傲的，應該是這些事情。

金荷娜在朋友間是主導聚會、猶如小隊長般的人物，價值觀明確，但不畫地自限，而是以共同體為優先。當然，在一個屋簷下住久了，自然也會目睹開朗下的黑暗或背後的孤獨。我從「內向特質強烈，從獨自閱讀的時光獲得能量的人，反而會積極追求社群價值」之中，發現了人格的多樣性。相反的，我經常聽到大家說我交遊廣闊，宛如人際關係轉運站般吃得很開，但其實，兩、三個人的小團體讓我更自在，而且相較於酒局，我更喜愛美酒本身，因此會尋找一起享受杯中物的同好。對於外向又自我中心、個人導向的我來說，用這種方式擴張自我的做法很神奇。「和這個人住在一起應該不錯」的決心中，也包含了盼望在這占地廣闊的籬笆裡，自己能一直處於正面影響力的波長內。

「朋友是社會情緒的安全網。」正如金荷娜常掛在嘴邊的這句話，我們互相依賴彼此生活著。就像擁有其他溫度與濕度的氣候帶，人會成為一個環繞著同居者的整體環境。好比金荷娜很善於發現對方優點並大力稱讚，從她宛如「稱讚轟炸機」（這也是金荷娜從她主持的Podcast獲得的綽號）的一面中，我無疑成為最直接受惠者。與朋友一同暢飲、累積許多哭笑不得的回憶，而且朋友的廚藝精湛，可以蹭現成東西吃……同居人的這些特質，是我需要向她學習之處。這都是我發現名為金荷娜的新大陸後，所見識到的新世界。

魂牽夢縈的望遠啤酒屋

金

人生風景大不同，即便居住型態歸類為大家庭或小家庭、獨棟住宅或大樓，每個人的生活樣貌皆各異其趣。居住型態不是抽象的概念，具體案例也可能成為某人憧憬的模型。對我而言，就有這麼一個令我強烈憧憬的樣品屋，那就是「望遠啤酒屋」。

說起這個望遠啤酒屋，就必須先介紹一下我的好友金歐澈。金歐澈是出版《每一天的紀錄》、《我的日常取向：把每一天，都活成自己喜歡的樣子》等精采書籍的作家，我甚至曾為《每一天的紀錄》寫過推薦文。

我是在二〇〇五年一月初次見到金歐澈。那是我第一天到廣告公司TBWA Korea上班，而剛被我們這組聘用的新人文案就是金歐澈。雖然名字很男性化，但她是個不折不扣的女人。那是我待的第二間公司，職稱是代理，在這之前，我沒遇過比我資淺的文案，因此金歐澈成為我第一個「直屬後輩」。因為名字很男性化，所以我平時暱稱她為「阿哲君」。在兩年多的時間裡，我們一起合作許多案子，變得非常要好。至今仍在我的作品集中占據重要地位的電信公司SK Telecom「現代生活白皮書」、Naver「世上一切知識」、LG Xcanvas、Hyundai Card、INFINITI汽車等無數廣告文案，都是和阿哲君共同參與。

阿哲君和我非常合拍，彼此互補依賴，她也成為我最信任的人之一。還記得金歐澈和鄭日永相親那天，以及幾個月後，金歐澈將鄭日永介紹給我認識的情景。日永的暱稱為「白晝之星」，簡稱為「白星」，於是我稱呼他們為「阿哲白星」情侶。我辭掉工作後，阿哲白星情侶和我變成酒友，交情甚篤。我到南美旅行的半年期間，最令我感到惋惜的，就是沒能參加他們的婚禮。

婚後，他們在望遠洞展開新婚生活。身為酒國英雄的他們，乾脆把家給布置得像小酒館一樣，喚名「望遠啤酒屋」。我一直把它當成一間和老闆混得很熟、經常造訪的小酒館。望遠啤酒屋在全租合約到期後，在望遠洞內遷徙了幾次，最後兩人買下房子，在漢江公園入口的大樓正式落腳。經過大幅整修，他們真的打造出一間氣氛絕佳的酒館。大樓前方是望遠滯洪池，加上一望無際的視野，一下就擄獲了我的心。

我算是喜歡大樓公寓的人，自有記憶以來，我就一直是住大樓。由於住家就在海雲臺海水浴場正前方，所以即便我家位於一樓，也能稍微窺見海景。我的住家與大海究竟有多近呢？夏天時，住同個社區的孩子會直接穿著泳裝、腰際掛著泳圈，打開大門走向海邊。

自從十九歲離開那棟大樓後，我在首爾住過各式型態的房子。我曾在別人家寄宿、在親戚家寄人籬下、自己在外頭租屋，也住過多戶住宅[5]、公寓、大樓、住辦合一、獨棟住宅等。隨著租屋時間拉長，為了建構更體面的獨身生活，我添購了家具和各種物品。但獨身生活的孤獨感逐漸讓我產生壓力，我開始摸索其他居住型態。我心目中的理想型態是獨棟住宅，因為首爾的大樓讓我感到有點壓抑，如果能和朋友們一起共用有好幾個房間，還有一個小巧庭院的獨棟住宅，應該很不錯。

5 多戶住宅的外觀類似臺灣的透天厝，為五層以下建築，各戶生活空間與出入口獨立，樓梯通常配置在外面。

喜歡替一切人事物命名的我將此稱為「失去理智住宅計畫」，因為只要喊久了，聽過這個名稱的人發現適合的物件時，就會想到我。至於為什麼叫「失去理智住宅」呢？因為我曾聽說有些屋主住在國外，所以市面上有時會出現一些價格低到誇張的物件，我也三不五時會在自己參加的「淺知識」聚會中提到「失去理智住宅計畫」，有一回還在身為聚會成員的建築家林泰炳所長陪同下，和好幾個人一起去看位於延禧洞的豪宅。雖然房子和庭院很寬敞漂亮，但不是「失去理智住宅」，房價高得嚇人，加上房間大小和方位各不相同，若和人一起共用空間，恐怕會起爭執。之後，我也會四處留意住宅物件、嘗試召集成員，但在構成我心目中理想畫面的過程中碰到了許多難關。

直到「望遠啤酒屋」讓我一見傾心。它就和我兒時住的「海雲臺大樓」一樣，前方視野遼闊，完全沒有窒悶感，而且是獨棟大樓，也沒有那種大樓社區會有的擁擠感，位置也很棒。儘管由於最近吹起仕紳風[6]，導致望遠洞成為炙手可熱的鬧區，但這棟大樓與繁華地段有點距離，應該不會受到波及。順帶一提，我曾在首爾再開發的鬧區住了很多年，在那裡尚未被稱為「西村」前，我就很喜歡景福宮西邊孝子洞的清幽，所以搬到那裡過著安靜的生活，但隨著社區在某一刻爆紅，住家周遭便開始頻繁施工。我在那區已經住超過十年，但施工噪音彷彿永遠沒有休止的一天，外來客熙熙攘攘，巷弄樣貌每天都在改變，房價也不斷飆升，最後我像是被驅逐似的遷離，不免感到無限悲涼。

以望遠啤酒屋的位置來看，應該不用擔心受到那種威脅。望遠啤酒屋有三十坪，三房兩衛、有一個寬敞的客廳、陽臺和工具室，和朋友兩人一起住似乎恰恰好。和黃善宇變熟之前，我就一直惦記著那棟大樓，如今黃善宇進入了我的雷達範圍。相中適當的房子和適當的夥伴後，我的夢想也開始具體成形。

6 Gentrification，又稱中產階層化、貴族化。是都市發展的可能現象之一，指一個舊社區從原本聚集低收入人士，到重建後地價及租金上升，吸引較高收入人士遷入，並取代原有低收入者。

兩種人

「世上有兩種人。」

這是在我缺乏靈感，不知該如何下筆時偶爾用來逃避的八股句子，也是和金荷娜同居後重新領悟的真相。假如有人對於外出前必須重新搭配服裝而備感壓力，那就有人會因為連續兩天穿相同衣服而鬱鬱寡歡。對某人來說，靠同樣的穿著打扮度日是能減輕煩惱的簡便之事，另一人卻會因為無法盡情享受變化的樂趣而煎熬；某人在工作時完全不聽音樂，另一人則會一次打開文件、影片、搜尋引擎、聊天室等大約五個視窗，邊跳換視窗邊工作；假如有人認為到旅遊地點時，要把手機放得遠遠的，連同當地空氣的味道都毫無遺漏地鏤刻在記憶裡，才算是真正的旅行，就會有人死都不肯放棄與網路世界的溝通，移動時還不停搜尋資料，忙著安排下一個行程。

以上這些描述，前者是金荷娜，後者是我。對金荷娜來說，洗碗是日常中的冥想時間，而做菜是我認為最好玩的一種遊戲；金荷娜是一旦找到滿意的沐浴乳後，就會大力讚揚並連續使用同一款的純情派，我則會擺五瓶以上連名稱都記不住的世界各國品牌、香氣也各不相同的沐浴乳，每天用不同產品洗澡的人。雖然我可以再列舉二十個兩人之間微不足道的差異，但這種濫竽充數，就等於和用「世上有兩種人」開頭寫文章一樣偷懶了。總而言之，我就是個手上會同時拿著好幾顆球拋接、生活焦頭爛額、忙得團團轉的人，這一點，經常能從與我截然相反的同居人身上體認到。

有些差異則存在於理想範圍之外。雖然我從金荷娜身上得知天底下竟然有人不喜歡草莓，不過基本上我會立刻忘得一乾二淨，直到一起去買菜時又被嚇到一次。還有，在我一顆一顆吃掉草莓時總會感到訝異，接著又有些哀傷。這種東西怎麼可能會覺得不好吃呢？不過兩人住在一起，不需要喜歡一模一樣的東西，就像理解某些人不代表彼此就會親近，而無法理解的人也能一起生活。不因為與自己不同就用奇怪的眼神看待對方或妄下評論，乃是共存的第一階段。

不過，有些差異又成了起衝突的原因。把持有物品視為包袱，僅保有最少限度的東西的人，與將購物視為一種快樂與消除壓力的行為，經常買東西買到自己應付不了的人住在一起，又會變成怎樣呢？有人會替所有東西決定位置，使用完物歸原位，另一人則是用完隨手一放，每一次物品都會有新位置。重新找到東西所花的時間長短也是天差地遠。這一次，前者同樣是金荷娜，第二個是我。關於我倆最核心的差異，也是最頻繁爭執的導火線，我會另外寫一篇長文，但站在後者怎麼看都是肇事者的立場上，只能辯解自己正在努力改變。原先彼此認為涇渭分明的差異，隨著摩擦而逐漸模糊，又或者在彼此的侵犯下，型態與性質發生了些許變化。

與他人生活，在近處觀察對方，教會了我許多事情。我知道世上存在著偏好、選擇都和我截然不同的人，也意識到過去不曾察覺的自身性格和明顯特質。而最大的收穫是，即便如此迥異的人，仍能尊重彼此差異、一起生活的可能性，因為我們的共同點也和差異一樣多。其中之一就是愛書，但我們愛書的方式也不同。我會多花兩千元，湊到能夠累積里程數的五萬元門檻，就算沒辦法讀完，也先把感興趣的書買下來，一點一點慢慢翻，但金荷娜覺得書堆著不看很有壓力，每次只訂自己非讀不可的一本書。金荷娜很認真守護的空間，就這樣被我一股腦訂購的書籍入侵了。

不過，在金荷娜接下Podcast《冊 it out：金荷娜的側面突破》主持棒，開始挑選新書介紹給聽眾後，我那些毫無頭緒的書堆也派上了用場。原本每當有新包裹送達，拆開後堆放在客廳一角的書，都在不知不覺中被金荷娜一本一本拿去讀了。勤奮的讀書人、動不動就為某種事物狂熱的金荷娜，會帶著十足的誠意與狂熱對待自己喜愛的書。金荷娜可以確保自己有輕易接觸新書的供應商，而我則擁有一名優秀的專屬書評，只要先把感興趣的書籍買好，就會有人率先閱讀、幫我鑑定好壞，雖然買的書不比先前少，讀的書卻更多了。

倘若相似處會拉近彼此的距離，相異處就會填補兩人之間的空隙。假如世界上真有與我一模一樣的人，就能成為理想的同居對象嗎？恐怕我會打從心底認同他，但又感到很厭煩，最後逃之夭夭吧。

與非常不一樣的金荷娜住在一起久了，我（自認為）欲望稍微降低了，生活多少變得井然有序，整個人也比較從容。假如偶爾，金荷娜也會為和如此不同的我一起住感到慶幸的話，我應該會很開心。好比第一次認識果肉結實有彈性的陸寶、酸甜搭配恰到好處的竹香等草莓品種，或是一起吃炸雞時，喜歡吃雞腿的我和喜歡雞翅與雞脖子的金荷娜，都不需要禮讓彼此，很自然而然地分食炸雞，這些能夠填補小小留白處的時刻。

HANA'S HOME

快拿下那間公寓！

金

我故意讓阿哲白星邀請我和黃善宇到他們家作客。我們提著紅酒前往望遠啤酒屋，夫婦倆也不枉愛酒家之名，提供了最頂級的服務：美好悠揚的音樂、驚豔的下酒菜、談笑風生的對話，聚會以巧妙的流動脈絡逐步走向醉意，接著從某一刻開始瘋狂奔向酩酊大醉。這酒精的敘事手法啊！正如同被招待至望遠啤酒屋的每個日子，那天我們也歡樂地暢飲、愉快地喝醉了。

書本、唱片、阿哲君親手製作的碗盤、白星收集的公仔，井然有序地擺放在客廳的書櫃和裝飾櫃上，漂漂亮亮的。因為空間方正寬敞，所以不會覺得眼花撩亂。這對夫婦也不枉他們書蟲的美名，把其中一個房間打造成疊放好幾層書櫃、留有通道的圖書館。夫婦一同在寬敞的廚房料理佳餚，端到客廳。客廳有整面落地窗，可將外頭的望遠滯洪池、占地廣闊的運動場盡收眼底。到了晚上，聚光燈亮起的那個地方，看起來如此靜謐、適合冥想，一切都非常完美。

我舉起紅酒杯和好友們互敬，三不五時就向黃善宇敲邊鼓（當時是用敬語說的）：「您不覺得這裡真的很完美嗎？」「滯洪池一覽無遺，真是神來一筆啊！」「哇，兩人一起住這種大樓，感覺超棒的。」黃善宇似乎也在這個視野空闊、舒適自在的房子度過了很美好的時光，萌生許多感觸。

那天之後，我開門見山地告訴黃善宇：「我的理想房子就是阿哲君他們家的大樓。」黃善宇也對這大樓很滿意，於是我提議，要不要把兩人的全稅保證金合併拿去貸款，合買一間房子？但有幾個原因讓黃善宇卻步。

1. 公司位於論峴洞，通勤時間過長。

2. 大樓地處偏遠，出入時感覺很陰森。

2-1. 住家附近沒有任何便民設施。

3.從來沒考慮過要「買」房子。

4.就算把兩人的保證金加起來仍遠遠不夠。

現在想來，都是很合理的考量，但當時的我鬼迷心竅，認為再多理由都可以克服。儘管無法把它們視為雞皮蒜毛的小事，但我相信只要拿出最大的熱情，就能說服黃善宇。順帶一提，我平時是個沒什麼物欲的人，不會因為正在打折就買不必要的物品，也不會因為出新商品就失心瘋。不過，假如在非常少見的情況下出現深得我心的物品，只要價格不是貴到非常離譜，我就會不顧一切買下來，而且一用好多年。我會讓它保持乾淨，謹慎小心地保管它。即便每天都會用到，每一次使用時還是會開心不已。這樣的我，竟然徹底為這間房子痴狂。再說了，我不就是一名廣告文案嗎？我開始認真地逐條說服黃善宇。

1.從論峴洞沿著江邊北路開車，經過妳現在住的上水洞，下下個出口就是望遠洞了。這個房子距離江邊北路也很近。

2.覺得很陰森的出入路段，大部分都是開車經過。

如果妳剛好必須走路回來，我一定會帶上棍棒去迎接妳（我算是走陰森街道時不太會害怕的類型）。

2－1.正因為地處偏僻，這間房子才能這麼寬敞靜謐。如果有需要的東西，我會騎自行車去買。還有，最近買菜、洗衣服等都可以靠快遞解決。

3.每兩年搬一次家或更新合約，會使生活變得不穩定。現在已經邁入四十歲了，有必要讓住處穩定下來，把分散的費用和生活打理得井然有序。

最後還剩下第四點。假如我是理性又嚴守經濟觀念的人，八成會把這點視為最不能接受的強烈因素，我把它視為最大障礙，認為只要能夠成功說服黃善宇這一點就行了。我對自己擁有的錢、可以調用的金錢規模與信用毫無概念。

4.既然是要買房子，只要以它做擔保，就能申請貸款。聽說可以貸到房價的七成，我們也完全可以申請到。把還款期限拉長，兩人努力工作還錢就行了。有了房子和同居人，日常上了軌道，生活花費也會減少。

我根本沒打聽清楚，就帶著滿腔熱血說服黃善宇。聽到我信誓旦旦，黃善宇也逐漸動搖了（大概是以為我有什麼根據，才會說出這種大話）。就在這時，那棟大樓出現了出售的物件，就在阿哲白星家隔壁排，樓層也恰到好處。我們一起去看房，房子讓我一見傾心，房價卻比阿哲君買的時候高出了幾千萬。一方面是阿哲君買的是急著拋售的房子，才用比較便宜的價格買到，另一方面也是因為已經過了一段時間，房價變高了。可是，也太貴了吧。我擔心屋主是不是開了天價，於是到其他不動產去打聽，結果說現在價格已經到了這個水準，望遠洞的「爆紅」也對此造成影響。

儘管如此，我還是想買這間房子。我提心吊膽，深怕會錯過它，但畢竟房子不是我一個人住，也無法催促同居候選人。就在猶豫的期間，物件消失了，徹底錯過了房子。我好心痛、好心痛，黃善宇也很懊悔自己的猶豫不決。那棟大樓總共才五十五戶，要等其他物件出售，機率實在不怎麼高。

為了熟悉望遠洞這個熱門社區，我一有空就到處看房子，有時和黃善宇一起去，有時則和已經住在望遠洞的死黨黃英珠。整顆心已經被望遠啤酒屋這個具體樣品屋擄獲的我，老實說，其他房子再也看不上眼，但畢竟魚與熊掌不可兼得。我的內心逐漸被某間符合預算的房子動搖，那附近有很多便民設施，出入路段也不陰森，卻不是百分百滿意。和同居人反覆商量，猶豫著該不該簽約時，正好接到了望遠啤酒屋的大樓出現新物件的消息！

但問題來了，它少了我一見傾心的關鍵之一——陽臺外視野開闊的滯洪池。那個社區雖只有一棟大樓，但方向恰好呈直角，阿哲白星家是東南向，新物件是西南向，看不到滯洪池。儘管內心滿滿失望，還是決定先去看房子再說。

太陽的女人

金

我們家有一個附外蓋、沉甸甸的黃銅指南針，它是黃善宇的父親每當女兒換房子時，就會特地從釜山上京來確認房屋方位的工具。視女兒為掌上明珠的父親，總會在端詳指南針後，替黃善宇找到坐北朝南的完美房屋（反觀我父母，無論我住在首爾的哪間房子，他們都不怎麼在意。就算我搬家，也只有偶爾來首爾吃喜酒時才會拜訪一下。當然，我相信我的父母也用其他方式愛著我）。多虧於此，每次在上水洞的黃善宇家過夜時，第二天早上經常會以宛如「在白沙灘被燙熟的海帶」般的心境睜開眼睛。讓窗簾也失去功用的強烈陽光，從一大早就狂照進來，我總會以整張臉被曬黑、眼睛失明的感覺迎接早晨。對睡眠環境很敏感的我，覺得那陽光實在太過無情，但長期住在這種環境的黃善宇，非常喜歡從一大早到下午，整個家都很明亮的感覺。

不僅如此，黃善宇極度熱愛太陽，她喜歡在陽光下跑來跑去的運動，或在大白天的節慶下晒太陽。據說她的八字中帶有太陽，到了梅雨季就會明顯變得鬱鬱寡歡。如果因為截稿等原因，連著好幾天無法在白天晒到太陽，她就會壓力爆表。黃善宇是這樣的人，所以我一直惦記著，我們找的房子非得明亮不可。

聽到前述物件要出售的那天是平日，黃善宇在公司，我立即和黃英珠一起去看房子。當時玄關大門敞開著，我的天啊，客廳內充滿了午後的陽光，整個家散發橘黃色光芒。當時是秋天，加上房子是西南向，所以陽光斜斜地照射進來。房子原本是一對爺爺、奶奶在住，家當很多，加上裝潢飾條和門板貼滿了櫻桃色壁紙，實在不怎麼美觀，但格局方正，也很乾淨整潔。窗外雖無滯洪池，但取而代之的是視野更加開闊的天空與漢江，加上周圍有江邊北路與內部循環路的遮蔽，以致漢江呈現細長白帶魚的形狀，熠熠發光。最重要的是，我被那溫暖明亮的橘光吸引了，太陽的女人想必也會喜歡這間房子。

問題在於，這間房子的房價又比我們上次看的房子更高了！足足高出了六千萬元。我的天啊，但這次我不想再錯過了。我再次開始說服黃善宇，這等於是硬著頭皮買房，也比我們的預算超出許多，但假如能在深得我心的家裡過得舒舒服服，就等於是賺回來了！這，就是沒有經濟觀念之人的經濟論調。黃善宇也覺得，這六千萬就是上次猶豫造成的成本，所以想法也稍稍有了改變。我極力強調「這漢江視野說不定比滯洪池更棒」與「整個家中充滿陽光」，經過接二連三的說服，我們決定一起再去看房子。可是這下糟了，我和黃善宇第二次走進那間房子的瞬間，頓時背部冷汗直流。

上午十一點，正是那間西南向的房子全天最陰暗的時段。打開大門、走進屋子的同時，我內心大叫：「完蛋了！」即便接近中午，即便家裡的玄關燈也開著，都還是太暗了。原來就是因為這樣，大家才會說房子要多看幾次才行啊。我冷汗直流，觀察著黃善宇的表情，卻無法讀懂她的心思。我一邊打開臥室的門，一邊大喊「完蛋了」，又一邊打開廚房的瓦斯爐，再一邊大喊「完蛋了」。黃善宇仔細檢視房子狀態後，開始觀察窗外風景，包括遠方宛如白帶魚般的漢江，以及因位居高樓、俯瞰時猶如草坪般的懸鈴木樹頂。

「我們參觀完了。」道別後，我們搭上電梯。當時我太過驚慌，完全不知道該怎麼辦，而黃善宇說的第一句話，果然是「這間房子上午好暗啊」。我雖然說「到了下午，房子會充滿色澤更溫暖的光芒，光線也會比東南向的房子停留更久」，聲音卻沒有半點力氣。因為我知道，黃善宇有多喜歡上午明亮的房子，以及她父親每次都會幫忙確認坐北朝南的完美氣息。

黃善宇說，「窗外懸鈴木在下方搖曳的感覺好像海洋。」

搭車時，她又補了一句，「我也喜歡。」

瞬間，我彷彿聽到世界上所有懸鈴木的樹葉同時搖曳的聲音。

我也曾想過結婚這件事

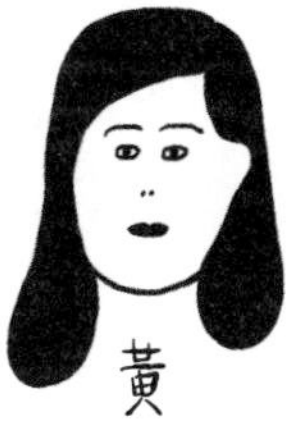

黃

從前有一首歌的歌詞是「曾經想過要和妳結婚」，是對分手的女友泣訴深愛過她、最後道別的內容。結婚是愛情達到最大值的完成式，還是成功的終點站呢？雖然現在我不這麼相信了，但我也曾想過「結婚」。倒也不是因為愛某人愛得死去活來，只是三不五時就會想這件事。至少在二十幾歲時，會認為描繪數年後的自己結婚的模樣，是很理所當然的。這與周遭或媒體上看到三十五歲以上的女性有很大關係，因為她們大部分都是已婚人士。老師、總統、外交官……就像只知道寥寥數個職業的童年時期，未來的夢想總停留在這幾個選項。二十幾歲時，想像力很單調，我也認為自己會成為一般看到的樣子。況且，小時候要談戀愛也不是什麼太難的事。直到成人之後，因為大部分時候都有交往對象，我一直認為適當的年紀到了，就會自然而然地跟其中一人結婚。

結婚這件事，與關係深或愛的程度是兩碼子事，更接近社會化造成的結果。我曾經想像，與相親初次見面的男人結婚會是什麼樣子，也想像過和交往不過三個月的男朋友結婚，婚姻生活會如何，但即便經歷這麼多次空想，在長達十多年的時光裡，結婚這件事都沒有在現實生活中發生。

好像很多人跟從前二十歲的我一樣，就像時間到了要吃飯，畢業後就要找工作，結婚也會走同一個模式。他們的特徵，就是不曾思考過自己的個性適不適合婚姻生活，或自己想過的生活方式，是否真的適合家庭這個框架。我見過好多男人想到要與家人度過每個週末，就覺得透不過氣，鬱鬱寡歡地說這不是自己想要的生活。儘管我沒有直言，但為婚姻、家事、養兒育女而犧牲更多個人生活的似乎不是你，而是你老婆才對。

我也曾有過慶幸自己沒有結婚的時刻。看到育兒與職場兩頭燒、險些無法維持生活平衡的朋友，就覺得沒有自信能發揮那麼驚人的集中力，把時間切割成多等分來用。而且，看到她們的老公在公司或個人日常依然看起來游刃有餘時，感觸就更深了。

最讓我慶幸自己沒結婚的，莫過於不用當某個人的媳婦。在韓國，原本備受寵愛的女兒、有能力的女強人和身為自由個人的女性，只要進入「媳婦」這個角色，就好像身分突然掉了好幾階。更害怕的是，我也帶著想努力扮演好媳婦角色的枷鎖。就像Instagram網漫《身為媳婦，我想說——》把「小媳婦期」解釋為「想得到婆家人疼愛，想得到稱讚，會主動付出努力的時期」一樣。

偶爾我會與同居人的父母一起吃飯，過去兩位長輩很擔心一個人住在外頭的女兒，但現在有我在身邊，讓他們很安心。就算沒特別講什麼，只要跟伯母一搭一唱，或和喜歡小酌的伯父乾杯，我就已經盡到了受邀的責任。看著兩位長輩，我發現了同居人身上令我喜愛的特質，對他們的共同點產生感激之情，是件愉悅又暖心的事。我只要好好吃完他們烤給我吃的肉，喝下替我斟滿的啤酒，然後酒足飯飽地回家。等過一段時日，我開始想念兩位長輩，好奇他們的近況，就會詢問他們是否安好，既不用登門造訪去削水果或洗碗，更沒有盡孝道的壓力。

我媽把做飯視為天底下最重要的一件事，每當身為家中下廚者的我必須加班或長期出差時，我媽就會最先擔心同居人的吃飯問題。「荷娜一個人要怎麼吃飯啊？」假如可以不必擔負關係的義務，卻可以聽到婆婆說一句「有妳在我兒子身邊就放心多了」，那成為某人的媳婦，會有多輕鬆愉快呢？

投靠膽小鬼的無知之人

金

本來預算就不足，現在又整個大超支，想簽約就必須有對策。我們決定使出各自能動用的一切手段，甚至要父母想成是孩子要結婚，獲得他們最後的支援，也去打聽了房屋擔保貸款。阿哲君說，自己的負存摺[7]可以周轉一點錢，有需要絕對要跟她說。雖然最後沒有向阿哲君借錢，但內心踏實許多，至今仍感激在心。黃善宇去銀行打聽房屋擔保貸款回來後，說可以貸到比預

7 顧客可根據自己信用額度來向銀行貸款的商品。

期更多的金額，但一間房子只能有一人貸款，所以決定以黃善宇為代表去申請。我們商量要如何償還貸款，黃善宇是大企業的部長，每個月領固定薪水，但我是自由工作者，收入不穩定，所以我們把每個月要繳納的金額減至最低，但也規劃要是我有一大筆錢入帳，就可以不定期大額還款。連同付簽約金當天前的收入都搜刮一空，好不容易才湊足數字簽約。

簽約日來臨。過去雖然搬過許多次家，在不動產簽約也不止一兩次，但畢竟是生平第一次買房，感觸有別以往。仔細確認契約後，轉入簽約金，並排寫下兩人的名字，蓋下印章——簽約完成！我們成了房子的共同持有人。走出令人緊張萬分的不動產，呼吸著外頭新鮮的空氣，恰好那天天氣很和煦，我滿面笑容地轉過頭，對馬上就要成為同居人，以及共同完成這項任務的夥伴說：

「我們，買了房子！」

正打算舉起手來擊掌的我，卻在轉過頭時大吃一驚，因為黃善宇的臉完全變成了保寧泥漿節的主色調泥灰色，臉上寫滿了憂慮。

「咦？妳怎麼了？」

「我們現在債臺高築了……」

聽她的口氣，彷彿下一秒就要病倒了。我徹底被打敗了，忍不住笑出來。竟然有人的債務壓力大到覺得生平第一次買的房子是處罰，而不是滿心歡喜地迎接它。我覺得黃善宇很可愛，也萌生信任感，這表示她不是會隨便替人擔保，導致到手的房子飛走，或暗地挪用金錢闖下什麼禍的人。同居人在經濟上是否值得信賴，這很重要。

「哎喲，膽小鬼～我們辦得到啦！今天是開心的日子！」

黃善宇露出模稜兩可、泥漿面膜色般的微笑。現在想起當天的情景，我還是會忍不住莞爾。

至於我嘛，就不確定自己對黃善宇來說是不是值得信賴的人了。最近才知道，原來不是以買房為理由，就可以拿房屋為擔保借到鉅額，重點在於貸款人的信用。銀行在評估貸款人有沒有固定收入、能不能償還貸款時，身為自由工作者、收入不穩定的我，絕對不會是信用等級高的類型。那與收入是兩碼事，所以過去我曾在辦信用卡時碰了壁。儘管當時要比在公司上班時賺更多，但以他們的標準來看，我是無法信賴之人。在這個國家，單身的自由工作者要買房，無疑是過於遙遠的事，這實在太不合理了。

那時我才明白，正因為黃善宇十八年來一直勤奮地上班、不曾休息，我們才能順利買到房子。我雖不是膽小鬼，說大話的人也是我，但在這件事情上，我能做的卻寥寥無幾。甚至正因為不知其中緣由，才大言不慚地說可以辦到，與沖沖地要買房子。假如我對自己在信用與貸款的世界有多一點瞭解，恐怕就做不到這些。無知之人最勇敢，這句話說得沒錯。

知道這個事實後，我對黃善宇說：「後來才發現，原來我根本是吸血蟲……咬住了一個認真勤奮的上班族，很精明地替自己弄了間房子，還開著一輛能開天窗的車。」

住在西村時，因為停車困難，我就把車子賣了，但我非常喜歡開車。黃善宇在幾個月前辭掉了在論峴洞的雜誌社工作，換到位於合井的公司，變成社區小巴的通勤者。因此她的敞篷車經常讓我開去工作或買菜。多虧黃善宇，我才能買到窗明几淨的房子，還多了一輛拉風跑車。呼呼，總而言之，膽小鬼和投靠她的人，現在不僅準時償還貸款，也過得很好。

一回生、二回熟的負債一族

辭掉工作後，最重要的計畫就是追完奇幻史詩劇《權力遊戲》，畢竟以出到七季的規模和沉迷程度來看，都不適合隔天要上班的人淺嚐即止。到新東家任職前，終於擁有一個月的休息時間，我向同居人告別後，便出發上路，前往維斯特洛的七大王國。在爭奪鐵王座的眾多家族之中，以黃金獅子為象徵的蘭尼斯特家族，其野心與對權力的欲望比任何人都要強烈，那些成員每隔一集就會說：「蘭尼斯特有債必還。」在這裡，「債」指的是兩件事——有仇必報，以及有恩必還。蘭尼斯特家族確實在資產負債表記下密密麻麻的債務與恩情，再將其一筆筆勾銷，同時朝王位一步步往上爬。

假如我們家也有這種警語，大概會是「別住月租房，那存不了錢」。我的父親是退休公務員，家人也多半是老師或上班族，因為薪水不多，自然而然就養成省吃儉用的態度。在如此小心謹慎、追求穩定的人身上，最慶幸的一點就是我們都只看著自己腳下前進，就算有人誘惑能讓我們賺大錢，也不會陷入泥沼。在黃家，發生投身直銷業，或聽到哪邊有好地賤價出售後萌生興趣，結果被騙的事情，比中樂透的機率還低。而賭博這種高潛力也高風險的大膽理財方式，大家也都不懂。在沒見過誰破產，但也沒人賺大錢的家族成長，對我來說，債務意味著無法抬頭挺胸、是必須盡快擺脫的不自在狀態。

沒錯，我是個膽小鬼。進入大學，遇見家裡做生意的朋友後，家庭風氣的差異就更明顯了。朋友和父母也會精明地進行交易，用放假期間幫忙家裡做生意換得用車的機會，和朋友們相處也不是各付各的，而是會大方地請朋友吃大餐，也經常讓別人請客。倒也不單純是因為錢多或開銷大，應該說是懂得如何談成大筆交易，具有確保資金流通性的膽量。實際上，聽說他們家經常會說這句話——欠債也是一種能力。

決定買房那天，我們蓋完章，付清簽約金，走出不動產時，金荷娜看到我的表情後大吃一驚，問我是不是哪裡不舒服。我雙腿抖個不停，彷彿膝蓋關節以下都消失了，也發現自己此時的臉色不可能好看到哪去，因為我的人生，首次揹負了數千萬元之多的債務。用房屋作擔保，從銀行貸款的金額約為不動產價格的兩成，比例不算太高，我和金荷娜也只要各負擔一半，但從那負數竄進腦袋的瞬間，我開始備感壓力。這是我人生買房成就解鎖的大喜之日，同時也是揹負沉重包袱、無處可逃的日子。

同居人調侃我：「哎喲，膽小鬼！」

過了兩年的現在，那個膽小鬼發生了什麼事呢？我們姑且假設有人對蛇恨之入骨，又逼不得已必須和蛇相伴度日吧。剛開始可能會使出渾身解數避免被咬，但最後搞不好先學會了養蛇的方法。

簡單來說，我們剛好花了一年償還了一半的貸款，這是因為我討厭欠債的狀態，所以什麼錢都不花，認真存錢償還的結果。進行人生最大一筆購物消費——買房後，也沒什麼想擁有的東西了。最棒的酒伴在家裡，還有個我愛怎麼用就怎麼用的廚房，也就沒理由去外面喝酒，在家玩就行了。相較於用購物來消除工作壓力或去旅行，買一些漂亮但沒用的零碎東西，存幾百萬拿去減少貸款的樂趣與精神補償多上許多。當然，如果提前償還以十年為期限所借的錢，會追討提前償還的利息，但那一整年集中火力繳房貸的經驗徹底改變了我。

原本一直避而遠之的貸款，反而成了我在經濟方面更上一階的動力，現在甚至覺得「揹點債又如何？」當拿到一大筆公司獎金時，不會先拿去還房貸，而是用其他方式進行投資。房屋擔保貸款的利息並不高，與其急著提早還清，我打算在償還期限內不要那麼焦急。儘管每個週末和媽媽通電話時，就像在關心天氣或健康如何般，媽媽總不忘擔心女兒的債務。

借了鉅額貸款，在還債的同時，我的膽量稍微變大了一點點，還學到一個教訓：假如無法永遠逃避自己恐懼的某樣東西，就有必要正面突破，只要往習慣待著的舒適圈外頭跨出一步，就會發現世界沒有想像得那麼危險。越是膽小，就越要相信自己不會自尋危險的本能。

今天，稍微變得大膽一點的膽小鬼，也持續向蘭尼斯特學習。債，重要的不是不去欠債，而是好好還債。

孕育我的，有八成是貸款

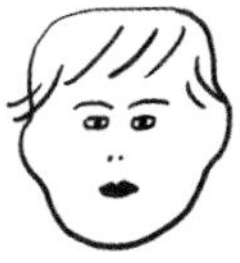

金

如同前述，經濟觀念對於同居人之間很重要，應該互相確認對開銷與金錢的觀念，對自力更生的責任感與能力。就算經濟各自獨立，生活上會有許多交集的人太奢侈或太小氣時，會造成莫大壓力。我們在考慮要不要同住時，我正好在網路上看到《紐約時報》的報導「結婚前應該要問的十三個問題」，其中有這樣的題目：「願意花在一輛車、一張沙發、一雙鞋的最高金額為多少？」

我問黃善宇這個問題，雖然現在記不起準確的金額，但我們兩個的回答幾乎一模一樣，儘管黃善宇花在一雙鞋上的金額比我高一些就是了。我們又自行追加了幾個問題：願意花在一部公演、一頓飯、一瓶紅酒的最高金額為多少？我們兩個的回答幾乎一模一樣。一起玩的時候，互相請對方吃飯、喝酒、看電影的程度也不相上下，至少沒有因為花錢這件事而對彼此造成壓力。

既然我們已經搭上同一艘名為貸款的船，各自的經濟能力和穩定就不再是別人的事。假如在還房貸的過程中，有人頓失經濟來源或擺爛不負責任，那怎麼辦？其實在我簽下買房合約後，工作就碰上了大混亂時期。基於各種不得已的原因，收掉花了好幾年用心經營的小型品牌公司。當時，我以廣告文案起家的職涯正要往品牌方面轉型，公司卻突然沒了，職業定位也碰到危機。在那之前，我本是品牌公司的執行長，但碰到「我是做什麼的人」這個問題時，卻突然答不上來了。

雖然混亂又茫然，但我沒時間多做他想。眼下要付清尾款，接下來要繳房貸，加上已經成為貸款命運共同體，不能讓同居人看到我在經濟或職業上擺盪的樣子。我下定決心，進來的工作都要無條件接下。在這之前，因為要集中在公司的工作，碰到演講或邀稿我只有偶爾才接，大部分都回絕，如今沒有那種本錢了。我開始先以「謝謝提出合作邀約」回覆所有電子郵件，演講、講課和邀稿的案子全接。我在學生、學生家長、上班族、家庭主婦、公務員、教職人員面前講上兩小時、三小時的課，由於族群天差地遠，反應也五花八門，什麼都有，甚至經常往返遠地，每天都忙得昏天暗地。碰到講課不順利的日子，在回程地鐵上，我會猛抓自己的頭髮，反覆回想下次要改進之處。

走過之後，發現那些似乎都成為高強度訓練。剛開始演講時結結巴巴，忘記原本打算要講的話，看到有人蹙眉或打瞌睡就全身發抖。但隨著演講次數增加，慢慢的，站在許多人面前講話的壓力變得沒那麼大了。我也開始逐漸熟悉平心靜氣講話、不緊張的方法，以及使大家集中注意力的要領。對於邀稿，我什麼主題都接，認真寫稿。那段時間寫的稿子，後來集結成《放鬆的技術》一書，我的同居人黃善宇也替我寫了推薦詞，那本書也成了我所有著作中最暢銷的一本，而我把所有版稅都拿去還房貸了。

多虧這高強度訓練，因《放鬆的技術》進來的無數演講和書籍講座都進行得很順利。在某位偶然聽到演講的聽眾推薦下，我到Youtube頻道「改變世界的時間，十五分」（簡稱「改世時」）當來賓。接著以「放鬆的技術者」之姿參加Podcast《日常技術研究室》，嘰嘰喳喳地講了一堆。這件事又成為契機，最後我成了YES24網路書店製作的Podcast《冊It Out：金荷娜的側面突破》主持人。

二〇一八年一月一日到七日，我為MBC廣播的長壽節目《等一下》獻聲；二月開始，則在MBC廣播電臺多了一個固定節目《開啟世界的清晨》。之後，廣播節目嘉賓、電影映後座談、主持談書節目、主持Naver書籍文化直播節目等邀約接踵而來。不久前，我成為MBC廣播節目《星光閃耀的夜晚》的固定來賓。等於是有了貸款、收掉公司後，「來者不拒」的工作方式帶領我到了意想不到的地方。從各方面來看，這間房子都替我帶來了好運。

如今我以品牌寫手、隨筆作家與說話的人這三個斜槓職業交替工作著，最近我的綽號是「望遠洞慧敏法師[8]」。就像出版《停下來才能看見》後，完全沒有停下來，反而參加各式活動，在俗世奔波的慧敏法師，我出版《放鬆的技術》後，就呈現一個無法放鬆的狀態，過得非常忙碌。（這段時間，我不僅出版了連插圖都不假他人之手的《十五度：微妙的差異》，現在也還在寫這本書！），而且品牌計畫持續進行，我還打算有朝一日要成立小小的公司。

最重要的，莫過於想成為同居人的好夥伴，展現出經濟穩定的模樣，而這成了莫大的動力。住在一起一年，我們合力償還了一半的房貸。孕育出這樣的我的，有八成是貸款吧。

8 曾留學美國柏克萊大學，於哈佛攻讀比較宗教學碩士學位時，決定出家，在海印寺受戒成為曹溪宗的僧人。是首位在美國大學擔任教授的韓國僧侶。

室內裝潢總負責人

金

基於某些原因，我比黃善宇早一週搬出三清洞的家。我先把貓咪們寄放在城山洞的李艾莉家，家當也請她先幫我保管一星期，等黃善宇一起搬進新家。這段時間，我就住在黃善宇上水洞的家，扛起望遠洞新家裝潢的責任。當然不是由我親自設計，只是統一由我擔任窗口，和裝潢團隊溝通。

室內裝潢是由「Texture On Texture」團隊的申海秀負責。申海秀在我住的西村經營一家叫「pubb」的酒館，因此結為好友。他在韓國藝術綜合大學主修建築，負責過幾個地方的室內裝潢，也做得很出色，但他認為這項工作不適合自己，當時正好宣布「再也不做室內裝潢了」，真的很感激他願意把我們家當成最後一個案子。由於我們已經傾家蕩產，預算很少，動工時間也很緊迫，但申海秀與助手全載亨室長仍願意接下工程，實在感激不已，更何況還是在天寒地凍的十二月。

黃善宇對裝潢過程幾乎不感興趣，只在乎結果，而我因為很滿意過去三清洞的家，於是把整件事交給申海秀全權負責，要他自己看著辦。我為整個住家工程設下了大原則——要盡可能明亮！

當然，這是為太陽的女人黃善宇所做的決定，畢竟是我說服人家一起住，當然要盡最大努力讓黃善宇喜歡這間房子，住了不後悔。原本住在這的爺爺、奶奶把東西堆在各個角落，使整個家顯得更陰暗，貼得到處都是的裝潢飾條與門板全是又紅又深的櫻桃色。尤其是廚房流理臺，龐大的冰箱宛如隔板般遮住了光線，暗到不開燈就看不到碗盤的程度。廚房是我們家主廚黃善宇大展身手的空間，會是整間房子的中心，必須舒適才行。因此，我根據大原則訂了以下幾項：一、盡可能不要遮光；二、門板、壁紙、裝潢飾條都要用亮色系，貼在牆壁上的裝潢飾條則盡可能拆除；三、冰箱移到不會遮光處，重新設計流理臺。把另一邊的流理臺上方收納櫃拆除，改成明亮清爽的感覺。流理臺一律白色。

開始動工後，我覺得實在太好玩了，這就像是只要說出想法，就能打造出空間的大工程。當然也是因為我完全不用花任何力氣，才會覺得好玩。因為我的腦海中已經有明確的樣貌，加上喜好很分明，當申海秀把各種建材材質或顏色秀給我看時，完全沒有選擇障礙。在少少的預算之中，該放棄什麼、該選擇什麼時也是如此，其中還包括了浴缸的問題。雖然最近的趨勢是拿掉浴缸、安裝淋浴間，但黃善宇與我的想法不同。我們長年獨自生活，唯一深感遺憾之處就是浴缸。第一次提到要不要一起住時，我們就決定安裝浴缸，買好可以擺放紅酒、蠟燭、書本的漂亮置物架了。所以我們毅然決然地安裝了新浴缸。

家裡需要的家具，都是和黃善宇一起去看。事先已經決定好客廳以木頭色系，書房以黑白色系為主，所以也沒有太過苦惱。圍繞整個書房的書櫃選擇白色，衣帽間預定打造成可以步入的更衣室，裝設系統家具。最令人困擾的是桌子。客廳是家的主要空間，擺在客廳的桌子足以影響到我們家給人的印象，必須慎重挑選。客廳兩側打算放置我的死黨黃英珠親手打造、堅固又美觀的書櫃。關於這個家具，之後再詳細說明。這書櫃融合了核桃木與槲樹的顏色，要找一張合適的桌子擺在一起，無論是材質或視覺感受都大大受限。就算桌子能請原木家具廠商製作，但要怎麼找到搭配的椅子，又是另一個難題。椅子必須兼具細緻的舒適感以及能長久使用的牢固，但假如要兩者兼具、設計又要漂亮的椅子，價格就會太過高昂。

後來，我們到無印良品購買各種生活器具時，疲倦的我們在某張桌子前的椅子上稍微喘口氣，接著像往常一樣演起情境劇。我對黃善宇丟出「原來今天晚餐是吃龍蝦義大利麵啊！」的臺詞，試著模擬假如這項產品在我們家會是什麼感覺，向來與我很合拍的黃善宇也坐在對面跟著一搭一唱。桌椅的高度舒服極了。我們兩個都算個子嬌小，所以有種坐在其他地方時不曾有過的舒適感。那張桌子要比普通的餐桌矮，又比茶几高，椅子也配合桌子高度，矮而舒適，只是設計不怎麼討人喜歡。它是用粗糙的黑螺絲組合淺色花曲柳木夾板製成，圓圓的桌腳看起來像學生在用的桌子，椅子整體也呈現圓弧狀。我們下了「高度很剛好，但不好看」的結論，站了起來。

可是，那天晚上準備睡覺時，我卻老是想起那張桌子和椅子。令人難以忘懷的不是設計，而是坐在那上頭的舒適感，到了隔天，那感覺遲遲沒有消散。我向對黃善宇提起這件事，結果碰了根釘子。儘管如此，後來在路上見到無印良品，又進去看了好幾次。很奇怪，我的心一直被牽著走。由於身為室內裝潢總負責人的我不時提起，黃善宇也開始考慮那張桌子了。

我把桌子的照片傳給黃英珠與白智慧這兩位審美觀值得信賴的朋友看，果然馬上被打槍。我說「那是因為她們沒有坐過才這樣」，一直對那張桌子念念不忘，最後黃善宇被我打動，答應購買這張桌子。我們把兩人逛街時同時發現、並大喊「就是它」的丹麥燈裝設在那張桌子上方。

轉眼間過了一年，現在我們待最久的地方就是這套桌椅。我們在這裡寫文章、吃飯、喝酒與閱讀，加上貓主子們也很鍾愛椅子，在人類坐下前，一定要用毛絮滾輪清除毛髮才行，雖然很快又會堆滿貓毛。就連打槍我的兩位朋友來我家試坐後，也忍不住說「好險有買」。桌子和擺在客廳的原木家具很相襯，不會讓氣氛太過沉重壓抑，又不會過分輕盈。

慶祝搬家一週年時，我們邀請 Texture On Texture 的團隊來家裡作客。儘管預算拮据、時間緊迫，但他們沒有半句怨言，全心全意替我們打造漂亮的家，因此我們懷抱感激之情，準備了一頓報恩宴。我們家中的每個角落都充滿了申海秀、全載亨室長的品味、貼心與創意。不過，各位，這個團隊不再做室內裝潢了，最後的幸運已經被我們用掉囉。

Photo credit to 29cm.co.kr

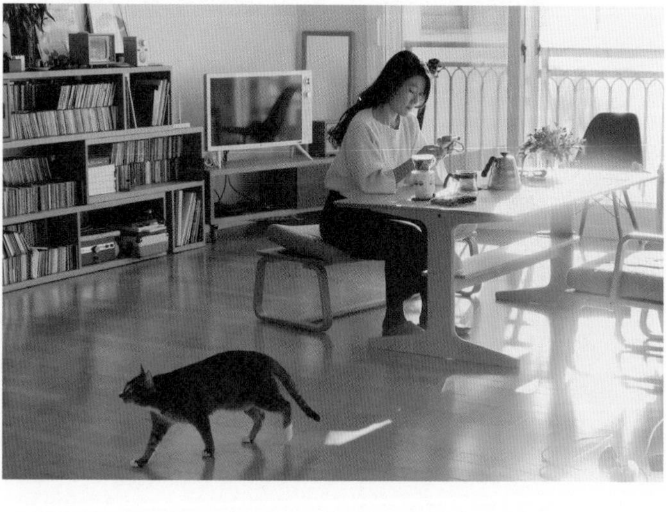

⁘ 在客廳兩側疊放了矮書櫃。明明是書櫃，卻擺滿了酒。⁘ 兩人家庭的珍貴結晶，浴缸。⁘ 陽光灑落的午後時光，待在家裡的感覺真好。

✿ 讓金荷娜從自炊族蛻變成獨身族的書櫃。✿ 細看的話會發現有兩隻貓。✿ 我們一起挑選的丹麥品牌燈飾，可以三段變身！✿ 無印良品的桌椅三不五時就被貓主子占領。

貓主子享受日光浴時，貓奴經常無處可去。廚房裝潢的重點在於「越明亮越好」。黃善宇第一次為金荷娜準備的豐盛生日大餐。

西南向屋子最美麗的一刻。# 晚霞劇場 兩人都沒想到，自己會和四隻貓咪住在一起。 讓兩人的書房也「結合」後，發現有不少重複的書。

AROUND

沒結過婚才會明白的事

到了這把年紀還沒結婚的好處，就是明白了一個世界沒有告訴我的祕密——就算不結婚也不會怎樣。

我沒結過婚，所以我知道，這真的沒什麼。

真要細究因為沒結婚，往後可能會發生的各種大小事，頂多也只會想到以後結婚機率似乎會越來越低而已。當然，我也會煩惱將來的事，好比說，未來我要多開拓職涯的哪些部分，讓它更全面？過了將近二十年的職場生活，也按時繳納國民年金，雖然六十五歲就可以開始領取，但假如在那之前就退休，要靠什麼過活？不，要是國民年金破產，把我繳的錢都吞掉了呢？假如我生了場大病，早早就乘鶴歸西怎麼辦？又假如我小病不斷，卻活得太久，又該怎麼辦？該調高投保額度嗎？……一項接著一項寫下來後，擔憂也逐漸膨脹。但就算假設我是已婚，這些煩惱似乎也不會消失或減少。和已婚的朋友聊過後發現，煩惱的類型沒有太大不同，只是在那上頭多加了育兒、子女教育、撫養父母幾項，甚至有時和配偶分享煩惱、分憂解勞的關係本身，反倒成了更大的煩惱。

現在雖然算是無牽絆一身輕，但關於遲遲不結婚，年紀卻一歲接著一歲增長，我也不是時時都淡定自如。三十歲中後段時，我曾經很焦慮，但這種不安多半不是來自我的情況或內在，而是來自周圍的人。通常過了適婚年齡的女性，即便可以保持平常心、過著滿意的生活，仍會因為受不了周圍的人頻頻往平靜的水面扔石頭，而感到焦急不已。

過了三十歲，大家彷彿考到了什麼多管閒事的執照般，不打方向燈就闖了進來。初次見面的受訪者、不太熟的鄰居及許久不見的友人，彷彿把結婚與否或計畫當成什麼天氣或南北韓關係等問題般，若無其事地一問再問。當我回答

「還沒有」時，就會接收到各種反應。

偵探派會彷彿真的很好奇地詢問原因，祝福派則像是想替我掩飾什麼缺陷似的含糊其辭：「以後會發生好事的……」攻擊派則會以「妳看起來很正常，看來也是迫於無奈」的語氣詆毀我。乍聽之下，可能會覺得他們是出自擔心或關心，所以很容易被矇騙過去，實際上這些都是沒有設身處地替對方著想的行為。假如這真的構成問題，那麼當事者才是最煩惱的人，就算他人挑釁似的指責，也不可能馬上解決。重點在於，明明是別人的事，為什麼如此理所當然地要求人家說明計畫或立場呢？難道是看起來好欺負，使得沒結婚的女性經常成為可以越界干涉的對象？

幸虧避開適婚年齡後，這些令人抗拒的多管閒事也自然減少了。因此我的經驗談是，只要以鋼鐵般的意志或豁達無念的撐個幾年，一切就會過去。還有，就連我自己，也從某一刻開始完全不把它當一回事了。過去可能有過「我不是因為不受男人歡迎、談不了戀愛才結不了婚！」的辯解心態，但現在覺得連用那種方式回答都沒必要。沒人氣又如何？我是不是男人想結婚的對象又怎麼樣？我變得完全不在意自己看起來是不是男人會喜歡的女人。因為，身為男人渴望追求的對象，並不會提升我的價值，或讓我的心情變好。

有一次在幾位友人的聚會中，聽到某位有婦之夫的「寶石理論」，其論點在於「條件不錯的女人不可能還是單身」。

「真正貴重的寶石，即便被藏在沙漠中央，世界也會看到它。因為商人會想盡辦法找出來，用大筆金錢將它弄到手。」

女人不是商品，而是擁有自我意志與喜好的人，這個事實似乎對他來說一點都不重要。聽到這種話，不知道為什麼，我總會錯過反駁的時機，直到回家後，腦中才接二連三地浮現回嘴的臺詞。女人是拿來交易的物品嗎？女人可是選擇的主體——「人」耶！講這些話時，女人的想法被放在哪裡？我沒能把這些話痛快地說出口，當時大概也只有表情變得有點難看而已吧。沒有板起臉孔反駁那番話，讓我三不五時就感到後悔，那個不知天高地厚的寶石理論，搞不好又會在某個時候、某個地方，對其他單身女性的心智帶來不必要的不快。

此外，我還在某次訪談時聽到「精打細算的黃金女郎論」。受訪的哲學家說，最近具有經濟能力的女性都很自私，忙著挑三揀四，所以才不談戀愛，還叫我要降低眼光。話說得可真輕鬆，他根本就不知道我過去和什麼樣的人交往，又談過什麼樣的戀愛。

除了這兩人，看著沒有結婚的我，彷彿我哪裡不及格般諷刺我，指責我眼光太高的人還有很多。就算我退一百步，假設這是真的好了，在別人面前無禮地說出這種話更令人吃驚，而且更加吃驚的是，連這麼無禮的人也結了婚。

時間久了自然就會明白，我之所以焦慮不安，不是因為結不了婚，而是有人在煽動、嚇唬我，「結不了婚的妳是有問題的」、「要是再不結婚，妳就會碰到很大的問題」，這些助長了我的焦慮不安。無論多管閒事的人再怎麼詆毀，我都知道自己不是瑕疵品，也不是難搞、不知自己斤兩的人，只不過談了幾場不太順利的戀愛，工作太忙碌或太有趣，所以沒時間去找新對象。雖然曾因想結婚而認真相親，但每次都會碰到價值觀或生活方式不合的對象。

經歷這一切後，現在就算沒有結婚也過得很好。在只有我知道的燦爛過往之中，我是無法被他人任意歸納的人，還有，不好意思，我過得比他們期望的都還要幸福。

所以，過了適婚年齡的女性朋友啊，當妳產生「我是不是真的有問題？」「認為我沒有問題才是一種問題嗎？」的懷疑時，試著去質疑它，是平靜如水的心產生了動搖，還是旁人在搧風點火。假如那人僅是人生的過客，適當的無視對方即可；如果是很親近的人，也不要一味忍受這種不舒服的感覺，試著嚴肅、誠懇地提醒對方不要干涉。因為比起關係融洽的社會生活，我的自尊感更重要；比起與他人的關係，我與自己的關係也更重要。

最重要的是，世界上已經有許多已婚（以及無禮）的人親自證明了，沒有結婚的人，絕不是因為有什麼不足之處。

自炊族何時會變成獨身族？

金

同樣都是單身生活，「自炊[9]」與「獨身」的語氣卻截然不同。當然，每個人接受的語感差異有別，但假如「自炊」給人一種「臨時的、婚前或獨身生活前的時期、過渡期」的感覺，那麼「獨身」則有種「半永久的、整齊、自我節制、從容」之感，至少對我來說是如此。

自炊何時會變成獨身？這與毛巾的問題相似。家家戶戶必定都有印著LOGO、顏色各自不同的毛

9 자취，自炊為自己煮飯的意思，泛指自己在外居住的生活。

巾。毛巾這種東西沒有保存期限，只要沒有磨到破洞，就會繼續用下去。儘管經過長期的洗滌，毛巾會變薄變硬，觸感和吸收力都大打折扣，但那種變化是循序漸進的，每天使用的人並不容易發覺。打開浴室的置物櫃，看到大小和顏色都不同的毛巾到處亂塞，就覺得很凌亂。

就我自己而言，雖然不記得是從什麼時候開始的，但我每隔一年的一月一日就會更換所有毛巾。洗面巾十條，大浴巾兩條，顏色則統一為白色。我會在年末事先買好，等到一月一日，就把菜瓜布、沐浴球、牙刷、肥皂、廚房用抹布全部換掉，舊的就拿來打掃或扔掉。

一次買十二條毛巾的費用比想像中便宜（也因此才會有那麼多印上ＬＯＧＯ後拿來贈送的紀念品），而且十二條顏色、尺寸統一的柔軟毛巾，會對生活造成莫大影響，使用時都會有一種呵護自己的感覺。每次打開置物櫃時，視覺即替整齊的生活做了證明。「毛巾的保存期限到什麼時候？」聽到這個問題時，我會如此回答：「到你更換毛巾的那一刻為止。」

自炊與獨身的區分也與此類似。從什麼時期到什麼時期稱為「自炊」？從來沒有人定義這個問題。是從某一天，你把自己的生活改稱為「獨身」開始。在這之前的生活，就與擁有各式毛巾的時期相似。整件事在無形中展開，既然開始了，就這麼延續下去。我認為，區分自炊與獨身的最大差異點，在於將現在的生活是視為「臨時的」還是「半永久的」。

我準確知道自己的生活從自炊轉變為獨身的時機，就是擁有了美麗的書櫃開始。這個書櫃是我親愛的朋友兼木匠黃英珠在家具展的參展作品，使用了北美產的硬木，從頭到尾都是手工打造，抹上最頂級的環保油蠟，是非常龐大且高級的書櫃，光材料費就很可觀。它怎麼會來到我身邊呢？這就要從我和黃英珠喝覆盆子酒喝到茫的時候說起。

「我要開始準備這次展覽了，但沒錢買材料耶。」

「是喔？（嗝）那……幫我做一個書櫃，要填滿整個牆面，很——時髦的設計，我買下！」

整件事就變成了這樣，等於是我在精神恍惚的狀態下成了展覽的贊助人。剛好長期進行的專案報酬一口氣全入帳了，手上有一大筆錢的我，隔天就將全額匯給她。在這之後好一段時間，黃英珠都稱呼我為「麥地奇[10]」。這個書櫃製作困難，耗費了很久時間，最終價格足以和一輛車媲美，但我只付了材料費，等於支付了約一輛中古車的價格。

10 Medici，義大利名門望族，文藝復興時期，經常贊助許多藝術家和學者。

完工後，填滿我家一整面牆的書櫃相當時髦美麗。身高只有一百五十六公分、體型嬌小的我朋友，親手打造了這個鈍重又時尚的家具。它已經超越了擺放書本的功能，彷彿有什麼非常了不起的東西進入了我家。胡桃木與橡木的美麗色澤與紋路、厚重端莊的線條、光滑溫暖的質感、每一個打造出來的韻律感與平衡，重新排列了我對家的心態，有種「登大人」的感覺。此後，要放任何小物或家具，我會優先考慮它和書櫃是否相襯，變得極為慎重。如今，我家中的家具與物品，不再是達到某個未來時間點的臨時用品。我並沒有特別找一天去準備「很正式的物品」，而是很正式的物品在糊里糊塗的狀態下進入我家後，生活才變得井然有序。製作精美的物品就是具有這麼強大的力量，我從自炊跨到獨身生活，就是從這個書櫃進駐我家開始。

美好的獨身生活，如今變成同居生活。我們決定把這個書櫃分成一半，放在客廳兩側變成矮櫃。把我們家的照片上傳到Instagram時，大家最先問的就是書櫃是哪個品牌。這時，我會帶著惋惜與驕傲參半的口吻如此回答：「這是我朋友製作的，世上只有一個，也買不到了。」

因為，黃英珠不再製作家具了。也許在這個國家就只能演變成如此吧，這個書櫃的設計被某個家具廠商偷走了。黃英珠偶然發現了這件事，也親自到那個地方抗議，但韓國的法律沒有能夠因應的對策。剽竊設計、由工廠生產的家具，終究無法散發與我的家具相同的光芒（接受懲罰吧！）。

十年來製作家具，在各方面都心力交瘁的黃英珠，如今成了我們望遠洞社區的酒吧老闆（儘管這個國家的創業者也一樣十分心力交瘁），但我們打算在那間酒吧——望遠洞的「巴塞隆納」，開這本書的出版發表會。

什麼都丟不掉的人

「請問您女兒是演員嗎？」

從國外出差回來，從媽媽口中聽到搬家公司的大叔這樣說。由於搬家的日子恰巧和出差撞在一起，爸媽特地從釜山上來幫不在家的我搬家。大叔之所以說這種話，是因為我的衣服實在太多了。

從第三者口中替自己的主張得到客觀證據後，媽媽興沖沖地幫腔：「妳看吧，媽媽有沒有叫妳絕對要先丟掉一些衣服？在新家整理一下再住吧。」

大叔基於「衣服太多，所以這個人是演員」的推理錯了，因為我不只衣服多，書、CD、LP、碗盤和杯子也很多。以前每隔兩年就要搬家，搬家公司估價時我都必須先說房屋坪數多大，家當和新婚家庭差不多，要是只說是「一人住的房子」，通常小貨車會來回跑個沒完。

假如衣服很多的人可能是演員，那麼書、CD、LP、碗盤和杯子等所有生活用品都很多的人是什麼？可以先確定的是，每次搬家時，都會變成被搬家公司盯上的人物。金荷娜是《優勢革命，發現偉大的我》（Strengths Finder 2.0）的信徒，我做了那本書附的網路心理測驗後，發現在我具備優勢的各種主題中有一項是「收集」。就像烏鴉看到發亮的東西，會把它叼到窩裡般收集的人，就是我。而且在那些閃閃發亮的東西中，還混雜了一堆銀湯匙、烘焙紙與不鏽鋼收納盒，這才是問題。

「妳知道有本書叫作《什麼都丟不掉的人》[11]嗎？這根本就是在講妳啊。我已經訂了，妳一定要讀看看。」某天，同居人興沖沖地說道，我則一聲不吭。因為書名根本就是在說我，所以我已經買來在讀了。不僅如此，我還擁有一本叫《人生閃亮發光的整理魔法》[12]的書。但就在我認真想要整理時，因為家裡

11 原文書名為《空間淨化風水術》（Clear Your Clutter With Feng Shui），內文中為韓文版書名。

12 中文版為《怦然心動的人生整理魔法》，內文中為韓文版書名。

實在太亂，找不到書跑去哪裡，所以我沒有成功讓人生閃亮發光。物欲強、無法斷捨離的人，連對「談整理」的書都這麼貪心。金荷娜先前到我獨居的家裡玩時，曾驚呼根本找不到一面空著的牆。值得感激的是，她會趁我不在家時抽空來替我打掃。我以前也看過這種人，小時候去鄉下奶奶家，婚後住附近的五姑姑隨時都會跑來替奶奶清掃家裡。我忍不住想，金荷娜可能是一半想幫我，另一半則是因為實在看不下去了，就像個性乾淨俐落的五姑姑對奶奶那樣。

如果非要辯解什麼，我以前住的房子並沒有慘到這種地步。自己住的最後一個房子是位於上水洞的頂樓加蓋，找房子的當時是全租價格很便宜的罕見物件，由於頻繁往來中國做生意的房東從未提高房租，我就在同一個地方住了快七年，生活樣貌也隨之變成一攤積水。家當逐漸增加，生活越來越忙碌，丟東西的速度趕不上物品增加的速度，一言以蔽之，物品層層堆積，超過了一間小屋子可以容納的範圍，最後就連一面空牆也不留了。

相反的，我到金荷娜獨居的家裡時，看到那有稜有角的簡潔感，飽受衝擊。就連替貓咪鏟屎的一根鏟子、一個塑膠袋都有固定擺放的位置，除了書和ＣＤ，其他發揮相同功能的物品都只有一件。啊，在簡單輕便的生活用品中，打破平衡的眾多酒瓶和各式酒杯必須排除在外。還有，衣服真的少到不可思議！竟然只靠兩格壁櫥就收納了所有衣服！住在四季如此分明的國家，身為購物經驗超過二十年的現代女性，這怎麼可能！我不但把兩段式吊衣架掛得滿滿，這吊衣架還因支撐不了重量，最後直接垮掉了，而且不止一次。

這件意外果然也令金荷娜傻眼，但在公司提起時，大家一點都不吃驚地點頭：「吊衣架不都會垮掉個一、兩次嗎？」雖然時尚雜誌編輯都很有個性，碰到這種時候倒是上下一條心。

金荷娜在三清洞的家，窗外可以看到美麗的仁王山，由於面西，算是非常炎熱，她卻能靠一臺不怎麼大的循環扇度過夏季。她說房子小，沒地方放，也沒有多餘的心力管理，加上剛好沒找到漂亮的電風扇，所以用這臺循環扇也就夠了。碰到這種時候，我就會在金荷娜身上感覺到倡導「無所有」的高僧光環（之後她恰好也獲得了「望遠洞慧敏法師」的綽號）。

同樣住在規模差不多的房子，我除了有一臺差不多大的循環扇、冷氣，還分別有一臺大的和小的電風扇。假如金荷娜是只把一人所需的最少物品放在身邊的極簡主義者，那我就是已經遠遠超出一人允許的最大限度的極限主義者；金荷娜會悉心照料獨一無二的物品，盡可能長久使用，我則是輪流使用好幾個，直到某一個故障時，也只會想著「啊，要去修理了……」，接著再去買新的。

地球環境會很熱愛金荷娜這樣的人類，而資本主義則會張開雙臂歡迎我這樣的消費者。

對待物品態度如此天壤之別的兩人決定住在一起，每件事都可以拿來吵。人在家中生活，意味著要在限定的空間內放入新物品，在日常生活中使用並加以保養管理，避免它們故障，最後丟棄。我承認，我是個買太多物品、隨便使用它們，對保養管理不感興趣也沒那個天分，更不太會丟東西的人。

金荷娜最感神奇的點，是我的指甲剪都沒有固定的位置。金荷娜會把指甲剪收在固定的抽屜，要剪指甲時從裡頭拿出來使用，用完再放回去。我則是寢室抽屜放一個，浴室抽屜放一個，衣物間的雜物架放一個，客廳籃子放一個……就這樣放在每個動線上頭，等我想到時，伸手就可拿到指甲剪。人為什麼要只把指甲剪放在一個地方咧？明明家這麼大耶。不是所有指甲剪都是相同的，有用起來很順手所以用了很久的；有大一點、專門剪腳指甲的；有去東京旅行時、充滿回憶的紀念品；也有上頭有可愛花紋、裝進飯店盥洗組的……到後來，就會有些沒找到就消失不見的東西——等一下，本來有七個指甲剪，剩下三個跑去哪了？

「家反映了住在裡面的人的內在」「家與該空間的主人相似」這些都是我討

厭的話。假如它們屬實，那我就是靈魂極為複雜髒亂的人了，但我不想相信自己有這麼差勁。我始終希望自己是個精神世界比我居住的空間樣貌更好的人，而且我覺得用家來判斷一個人，如同看到肥胖者，就認定對方生性懶散一樣暴力。就像有些人是華而不實，我相信就算有些人的家裡亂七八糟，工作時卻很有系統和效率。

假如「家反映了住在裡面的人的內在」這句話為真，金荷娜和我住在一起後，應該早就變成另外一個人了。她會變得很複雜、不愛整理，我則會變得更簡潔俐落。在搬家的行李還沒整理前，同居人曾看著我從工作超過十年的公司離職後打包的家當，以尚未拆開的狀態堆放在那裡，並帶著突然變得很複雜的心境忍受它們。

和金荷娜吵架時，聽過最重的一句話就是：「妳就一輩子當囤積人（hoarder）吧！」之所以會比聽到「妳這笨蛋」時吵得更兇，就在於其中包含了我不得不承認的真相。變成什麼都丟不掉、持續囤積物品的老奶奶，每天抱著垃圾過生活，那是我最恐懼的未來。不過，重點不是在於我正努力改變嗎？——沒有變成很會丟東西的人，而是變成不太買東西的人。

首先，我和同居人約定，在丟掉某樣東西前不再買新的。我深陷於還房貸的樂趣中，購物不再是什麼天大的享受了。相較於買一個小小的化妝品、一件衣服，最近我最樂在其中的，莫過於看到錢以本來的樣貌放在原處，例如瀏覽新的儲蓄方案，趁匯率低時購買日幣和美金等。還有，每當產生物欲時，就會想起那句傷人的話。

雖然至今書、CD、LP、杯子、碗盤、指甲剪等，總之所有東西都還是很多，但比起變成囤積症老奶奶，被物品包圍著孤老，我比較想和同居人開開心心地變老。改造與極簡主義者同住的極限主義者，道路既阻且長。

妳的獨身小窩

金

二〇一六年十二月六日，黃善宇與金荷娜搬進她們四十年來首次登記在自己名下的房子。下午兩點左右，我透過敞開的陽臺窗戶，望著隨十二月的寒風不斷湧入、彷彿看不到盡頭的行李，心想：好想就這麼偷偷搭上電梯、神不知鬼不覺地消失。我要逃到沒人知道的地方，在那裡度過餘生，再也不回到這裡……原本那麼引頸期盼的搬家日，為什麼我會有這種想法？為了描述我的心境，必須把時間拉回約十個月前。

那是黃善宇初次邀請我到家裡吃晚餐的日子，在我為了準備紅酒和花束四處奔波時，接到了她的聯繫：「我覺得今天家裡的狀態真的不行，下次再邀請妳。」

那是天寒地凍的冬季，我已經距離我家位於的三清洞很遠，所以我回傳：「家裡怎樣都沒關係，總之我先過去。」接著便前往黃善宇的家所在的上水洞。都已經到了她家附近，黃善宇卻沒有叫我去她家，而是要我在附近的酒館等。

現身的黃善宇一臉憔悴，再三強調「今天真的不行」，原因在於她已經大掃除了好幾天，但不管怎麼丟東西，家裡的樣子還是無法見客。本以為到今天應該差不多了，但根本差遠了。吃著烤肉串，啤酒也一杯杯下肚，我對黃善宇說，家裡亂也沒關係，吵著要她帶我去。差不多在那段時間，我們開始聊起不知道一起住會怎麼樣，看一下這個人平常是什麼樣子也滿重要的。附帶一提，黃善宇經常到我家玩，每次看到家裡乾淨整潔的模樣，都會說：「我家不是這樣，我家絕對不可能……」至於我，想到終於可以一睹仰慕許久的巨貓Goro的風采，就充滿了期待。

黃善宇很不好意思，都邀請了對方，卻要人家在大冷天敗興而歸，最後還是帶我去她家。我暗自叫好。經過YRI CAFÉ和Jangssalong美容院，抵達位於巷底的整潔建物。爬到四樓後，再從外面的鐵梯往上走，來到屋頂，發現在那個不算狹窄的地方堆滿了白雪。噢，原來有下雪啊？定睛一看，原來是在朦朧的月光下，我看錯了……那些全是白色垃圾袋，塞滿整個天臺，就像一片雪田般美麗……我試著如此扭曲昔日記憶。打開鐵門就是陽臺，接著打開玄關門，就能走進屋內，但黃善宇極力強調不能讓我看到陽臺，直接把我推進玄關。我終於踏入黃善宇住了六年的家。

我也第一次見到了Goro和永培。有別於我家兩隻膽小的貓咪，Goro和永培是所謂的「公關貓」。牠們跑到玄關前，把鼻子湊到我身上嗅聞，充滿好奇心的眼神訴說著：「這小小的人類是誰啊？」Goro超級巨大，永培則好嬌小，兩隻都很惹人憐愛。實在很開心能一睹久仰大名的Goro和永培，而且，能走進長期在Twitter上追蹤、覺得很帥氣的人的家裡，感覺真的很棒。

整個家很溫馨，該怎麼說呢？就好像一個小窩。客廳兼廚房的空間擺了密密麻麻的書，一眼就能發現有許多和我一樣的書，也有我一直想讀卻沒讀過的。黃善宇的喜好果然令人滿意。書不只在那裡，寢室也滿滿都是。且慢，書旁邊放滿了CD和LP（這喜好同樣令人滿意），接著旁邊是由衣服、皮包和飾品組成的巨大山脈（衣服品味幾乎沒有半點交集），快占滿了房間的一半。浴室裡，洗髮精、潤絲精、潤髮乳、洗面乳、沐浴乳、身體乳、護膚霜、肥皂、洗手乳、面膜、鼻膜、小鑷子等，所有東西平均都有五個。假如平均是五個，那麼數量最多的身體乳就有十二罐左右。後來才知道，這些還是正在使用的，尚未拆封的還有五倍之多。小小的浴室塞滿了東西，也因此到處都是放不進浴室置物櫃的毛巾。

沒錯，總歸一句話，這個家的所有東西都很多。就像烏鴉會把閃閃發亮的東西叼來存放，這個家被喜歡收集、卻丟不了東西的黃善宇堆放到無立足之處，加上之前擔任高端時尚的雜誌編輯，各品牌送的禮物也多到數不清。在此補充一點，後來我因此打從心底敬佩金英蘭大法官為這種禮物攻勢訂立限制。

就一個人住的空間來看，黃善宇家並不算小，卻沒有剩下能讓身體大幅度移動的空間，我才會覺得像個小窩般溫馨。我很喜歡那個家，這個空間反映了我認為很有魅力的人的個性與內在，東西很多，有趣的物品也多，參觀時樂趣無窮。那天晚上，我們享用著我帶去的小蛋糕和紅酒，為天差地遠的兩個家深感神奇，愉快地談天說地。

再次回到二〇一六年十二月六日兩點，吹著寒風，站在要與深具魅力的黃善宇一起住的家中的我，是這麼想的：十個月前的我，怎麼沒預料到後果呢？明明遍地都是證據啊！塞滿整個天臺的垃圾袋！每走兩步就會被某樣東西絆到的那個家！我到底在想什麼，竟然把所有東西都帶進我的人生？我是被下蠱了嗎?!

SUNWOO'S HOME

家庭小精靈 多比的誕生

金

經過第一次和樂融融的拜訪後，我經常去黃善宇家玩。當時我每週都在弘大的「想像庭院」教文案課，講了整整兩小時的話後，就會想來杯啤酒。因此，從想像庭院走一小段路，到串燒店KUSHIMURA和黃善宇碰面，接著喝（超過）一、兩杯的啤酒，成了例行公事。碰面總是話題和笑聲不斷的我們，還會到超商買四罐一萬元的世界各國啤酒，再到黃善宇家續攤，輪流播放音樂，玩到深夜，也經常在她家過夜。深夜時分在上水洞搭計程車，若是要求司機在三清洞的巷弄爬坡，會惹來不快，因此隔天不必很早上班的我，經常會在那個家睡一覺，接近中午才不疾不徐地回家。

在主人出門上班去的家中，很晚才起床的我，趁著清理昨夜的酒局，順便開始慢慢整理她的家。雖然對我而言只是簡單地整理，絲毫不費吹灰之力，下班回到家的黃善宇卻感激涕零地傳來了訊息——還以為這不是我家！竟然這麼乾淨！

正如一部由薛耿求、全道嬿主演的電影《我也希望有個妻子》，黃善宇需要的正是「妻子」。只看她的Twitter，也知道黃善宇絕對沒時間打理家務。這個女人去倫敦、紐約、威尼斯、馬爾地夫出差的次數多到數不清，還要去跑首爾市區所有炙手可熱的新景點，加上她交遊廣闊，和各方人士的約會不斷，只要有不錯的音樂表演，任何類型都會參加，剩下的時間則在漢江旁跑跳。

假如黃善宇是個男人，在大家讚不絕口、誇她有能力的同時，大概偶爾會搭配幾句像是「要趕快找個會打理家務的太太啦」「光棍都是這樣過的」之類的指責，大家暗地裡卻要求女人當個職場女強人時，也要能勤儉持家，同時還會加一句：「一個女人家住的房子，怎麼這副德性？」卻沒人會勸告：「要趕快找一個會打理家務的老公啦。」對任何人來說，蠟燭兩頭燒都同樣吃力。只要是在外頭表現活躍、認真工作的人，都需要一個會幫忙打理家務的「妻子」，那個「妻子」可能是男人，可能是女人，有時，也可能是家事小幫手。

我也很喜歡旅行和朋友，無論去哪都不會缺席，但我和黃善宇不同，是相當熱愛打理家務的類型。我只要稍微動動兩根手指就完成了，卻能讓對方這麼高興，實在很有成就感。看到這個工作成就與源源不絕的活力令人讚嘆的女性，同樣身為女性的我，很開心自己能提供後援，更令人開心的，莫過於黃善宇總會做出好吃到爆的料理作為報答。

得到正式允許後，我開始認真整理黃善宇的家，更帶來家裡的工具箱。第一次去她家時，最令我吃驚的就是整束捲在門檻上的巨大網路線，不管是貓咪或人走路時都必須跨過它。我用電線固定夾把網路線繞到看不見的地方，固定後整理好；另一個令我吃驚的是從玄關門到抽屜，可以稱為把手的東西全都搖搖欲墜。我拿著螺絲起子四處查看，把會搖晃或壞掉的把手全數修好。至於廁所的洗手臺，幾年前黃善宇不知失手掉了什麼東西，把它打破了一個洞。因為我剛好要送禮物給黃善宇，就到乙支路買了洗手臺，請水電工來換；就連可能是失手打翻、整個灑在寢室地板好幾年的銀色指甲油，我也噴上黏膠去除劑擦掉了。

由於東西實在太多，我把無數尚未開封、已經不敷使用或徹底黏住的東西都拿去丟，還丟了約十盒年代太過久遠而散開的Ａ４印刷品和展覽文宣等、約二十把沒在使用的雨傘、大概一千五百支寫不出來的原子筆；我把一輩子都用不完的身體護膚產品全分給了朋友，明顯超出收納櫃的毛巾，一半裁剪後用來清掃，另一半則把跑出來的線頭和毛球都剪掉，讓它們變乾淨後，再對齊每個角疊好收起；垃圾桶、收納架、餐具瀝水架、毛巾架、流理臺內的置物架等，全部進行大規模更換，抽屜也重新排列；因為瓦斯爐前放了兩臺巨大的直立式真空吸塵器，就算只是煮個泡麵，也必須先把吸塵器移開。不過它們的性能也差強人意。把吸頭翻過來看，發現都被髮絲和灰塵徹底塞住了。我把吸頭分解後做了清潔，換掉不太令人滿意的電池，然後丟了其中一臺，反正那個家也沒什麼能使用吸塵器的空間；瓦斯爐上有著已化為黃善宇身上血肉的食物殘渣與油汙，如同整齊堆疊的歷史書，我用清潔劑和菜瓜布終結了那些歷史。

打開冰箱，總會有東西嘩啦嘩啦掉出來。最近流行「ＹＯＬＯ」（You only live once）這句話，打開黃善宇的冰箱就會知道，這人是真的！是血統純正的ＹＯＬＯ族，根本沒時間去考慮下次打開冰箱的自己，因為人生很短暫，而你的人生只有一次。打開冰箱門，看到牛奶和火腿之間有二點五公分左右的縫隙，她就會想盡辦法把啤酒塞進去，然後以迅雷不及掩耳的速度關上門。直到下次打開時，沒擺好的東西會嘩啦嘩啦掉下來，而黃善宇也只把它當成開冰箱時自然會發生的一種儀式之類的。

我獲得允許，開始整理冰箱，深處出現了一盒高級品牌限定版巧克力。喜歡巧克力的我頓時喜出望外，但保存期限已經過了三年。光講冰箱，大概就能占滿這篇文章的一半，所以我就只說到這裡吧。我把被塑膠袋包起來、滑溜溜且黑不溜丟的巨大神祕牡蠣從蔬菜箱拿出來丟掉後，冰箱大掃除就這麼落幕了，至於那顆牡蠣是何時進入ＹＯＬＯ的聖殿，又是何時被囚禁在地下監獄無人知曉……

黃善宇到紐約長期出差時，我為了照顧貓咪，經常去她家，順便進行了一項龐大計畫——強制打掃我第一次去黃善宇家時，她不讓我看的「陽臺」。吃驚的是，她居住的六年期間，這個空間似乎都沒打掃過，被鞋子占滿了。不對，這不是什麼該驚訝的事，因為黃善宇是個什麼東西都很多的人，雖然連玄關內側的鞋櫃也都放滿了，但也沒誇張到這種程度。她有各種類型的鞋子，光運動鞋就有約五十雙。對喜愛跑步的黃善宇來說，光是某運動品牌在金英蘭法實施前贈送的最新慢跑鞋，就有相當可觀的系列。我必須再說一次，我對金英蘭大法官表示尊敬。

關鍵在於鞋櫃的排列都是隨機的，所以玄關門沒辦法完全打開。我花了兩天一夜刷洗陽臺，把鞋櫃改成比較便利的排列方式，把完全不能穿的鞋子丟掉。出差回來的黃善宇打開陽臺的瞬間，當場對我露出住宅改造節目《Love House》委託人的表情。接著，她在變乾淨的廚房裡，替我做了一盤世界上最美味的義大利麵。

寫到這裡才發現，原來我也不是「只要動動兩根手指就夠了」，但我很享受看到黃善宇每天下班回來，看到家裡又更舒適了一些、多了一點活動空間而高興的模樣。那時，黃善宇都叫我「多比」，就是《哈利波特》中的家庭小精靈。有一天，黃善宇送了很漂亮的襪子給我。根據《哈利波特》記載，當家庭小精靈收到襪子禮物時，就能變成自由之身，只是多比現在，仍穿著那雙襪子擦拭著瓦斯爐。

逐漸重疊的兩個人生

金

好，再次回到看著搬家行李的我。那天，當時在做月刊的黃善宇碰到截稿期，下午不得不進公司。我只能獨自看著搬進新家的家當，判斷應該要放在哪裡，再指示搬家公司的員工。只是，行李沒地方放了。由於黃善宇什麼都丟不了的性格，她的家具或收納櫃都是從自炊時期就一直使用的東西，同時靠著買更多收納箱來堆放，和新家一點都不搭。而且，這些事實上原本都是只打算用到「這天」為止的東西。

所謂的「這天」，指的是因結婚等原因而使生活有戲劇性變化，步上人生「真正」軌道的日子，雖然實際上，根本就沒有什麼人生的真正軌道。有些人把學生時代視為「準備考大學的時期」，但根據黃英珠的說法，學生時代是一段無庸置疑的「時光」。同樣的，許多人把單身時期視為結婚準備期，在現今越來越晚婚的趨勢下，這段時期變得過於漫長，幾乎占據了人生的大半。儘管如此，假如有人只把這段時期當作「真正人生」的序幕，等於人生將延遲很長一段時間。不知道會不會結婚的黃善宇經歷了很長的延遲期，而就在她想重新調整人生之際，正好和我一拍即合。

好，所以黃善宇家具內的東西無處可去，開始往新家傾倒了。不僅沒有收納的地方，而且為了判斷該收還是該丟，所有雜物全灑在地上。本來應該在搬家前把該丟棄的東西整理好才對，卻基於種種原因無疾而終。一方面是很忙，另一方面也是因為我先搬出來、寄住在黃善宇家時發下豪語：「沒關係，搬過去後我再幫妳整理。」

透過陽臺窗戶，看到彷彿沒有盡頭般持續傾倒在地板上的東西，我的豪言壯語頓時失色，我也徹底被擊垮了。之前因為這些物品在某種程度上都被收放在抽屜或櫃子裡，無法推估規模有多大，現在它們成為一座巨山，在我眼前堆疊起來，就像慶州的大王陵。直到這一刻，我的內心才流淌著淚水，用全身理解了詩人鄭玄宗的作品。

人的到來
實則驚天動地
因為他是
偕同其過去
其現在
及其未來一同到來
是人的一生來到眼前。

——鄭玄宗〈訪客〉

我們兩個在同居前，曾和另一位朋友三人去冰島旅行一週。那裡有個位於歐亞板塊和北美板塊、兩個巨大板塊交界的地方。我想起那個將全球規模交會的視覺原汁原味呈現的地方，我們的同居就像是歐亞板塊和北美板塊碰撞，剛開始為彼此的相似感到驚訝，後來則領悟到彼此的差異。更驚異於，我們也太不一樣了，而且還是在「生活習慣」這個將每天無止境地揚起波濤、綿延不斷的巨大領域中。

各自累積四十年的生活習慣，終究不會輕易就改掉。不能說哪一邊才對，也不是靠協議遵守各種條款就能解決。我替黃善宇打理家裡時，畢竟只是發揮善心的舉手之勞，高興時再做就可以了。因為對於這個家，最終責任還是在黃善宇身上，我只是幫忙的人。即便看到我不會用那種方式排列或配置的東西，也完全不會感到礙眼。

可是，看到如今也是我家的空間多出了一座逐漸堆高的大王陵，我突然整個人清醒了。那是被「黃善宇的生活習慣」的波濤拍打、橫跨四十年累積而成的地形，而我往後必須與方向截然不同、每天卻不斷揚起的波濤一起生活。當然，這從黃善宇，不對，從現任同居人的立場來看也是如此。

吵架的技術

黃

過得很好，就等於很會吵架。因為與他人意見或立場相左，是生活不可或缺的要素，也很自然而然。多年來，我一直對自己、對吵架存有誤解，我自以為和任何人都不太會吵架，也以為自己是盡可能以和為貴的人。看到有人大聲爭吵，還會心想：「有必要這麼火冒三丈嗎？」一碰到可能會和男友或好友大吵時，我不會選擇拉高嗓門，而是在類似冷戰的氣氛中早點和對方分開回家，獨處時再邊反芻邊冷卻心情，或靠其他事情轉移注意力，就能平心靜氣下來。假如能忘掉不愉快、兩人和好如初就沒事，但如果類似狀況一再發生，我覺得已經越界了，就會逐漸把那人歸為避不見面的對象。也就是說，我不會將自己的失望或不滿表露於外，和對方硬碰硬，而是在心中默默記錄期待與失望的資產對照表。

「Cry me a river.」第一次看到這句英文歌詞，我還想：「竟然哭到淚水成河，這規模真是有夠壯觀！」我本來以為它的意思是說，在我面前盡情表現悲傷也無妨，後來才知道它的意思根本完全出乎我意料，是「在我面前哭哭看啊，我一點都不在乎」。總之，世界上有人可以哭得像漢江一樣浩大，也存在著發飆時有如颱風過境的人，而那人就是金荷娜。

情境喜劇《六人行》（Friends）中，有一集羅斯發現自己帶的三明治被研究室的某人吃掉後，他放聲大叫。這聲尖叫被剪輯加上了中央公園的鴿子瞬間全部振翅飛走，還有全紐約的摩天大樓一起震動的畫面。假如想要呈現金荷娜發飆的畫面，那麼最好事先找到火山爆發、熔岩噴湧而出的資料影片。這個身形嬌小卻脾氣火爆的人也在自己書中提過，她和認識二十年的死黨黃英珠曾因各種原因反覆絕交、和好許多次，對於與其和某人吵架，當失望累積到一定程度，乾脆就保持距離的我來說，這段關係真的很神奇。總之，至少在我們同居前是如此。之所以無法講得好像事不關己，是因為現在絕交的對象有可能變成我。

我們吵過好多次了，寫這篇文章時，我問她：「所以我們之前都是為了什麼吵架？」結果差點又吵起來。為了我的東西太多而吵，為了我的東西這麼多卻不肯丟而吵，為了我遲遲未摺晾乾的衣物而吵，為了明明隔天說好要一起去旅行，卻在前一天和朋友有約，很晚才回家而吵。

說好一起住後才發現，我們根本天差地遠。我想擁有的物品量，以及對妳來說剛好的物品量，能忍受家裡髒亂的程度，以及旅行前夕整理家裡所投入的努力程度，全都不一樣。這些瑣碎的差異開始成為導火線，墜落在妳我之間，炸裂開來。我們又因為吵架的方式而吵得更兇。我是會閃避、冷戰的人，但金荷娜是正面發射箭火的人。當颱風開始吹襲，我就會躲回房間避難，這時金荷娜會猛然打開房門大吼：「妳還睡得著？」老實說，我的睡意正好已經來了。這時如果可以打個盹，醒來後就會好一點說……

後來我才知道，心理學把我這種人際依附風格歸類為逃避類型。這類人不會說出具攻擊性的話，而是拐個彎說話，覺得可能會與人產生摩擦時，就會徹底視而不見。這種人看似獨立又灑脫，其實是很卑鄙的類型。因為不想失望，所以假裝不抱期待；因為不想正面衝突，所以假裝事情不怎麼重要。這種人絕不是因為人格成熟而不與人吵架，反倒是因為不成熟而無法吵架。就算與人有爭執，心情變得很惡劣，也只要回到自己的家，在那個猶如洞窟的地方歇息就行了。可是，這次行不通了，和同居人吵架，能躲的地方也沒了。截至目前，我不曾需要這麼深入、徹底解決與某人的衝突，但現在必須帶著背水一戰的心情。我要好好打這場仗。

我們依然會在言行舉止上犯錯，因彼此的習慣與原則不同而有摩擦，有時甚至因為沒有維持適當距離而貿然越界，侵犯到對方。不過，爭吵頻率確實開始逐漸變少了。在吵架時，我犯的最大過錯莫過於追究孰是孰非，還有急於為自己的行為辯解。我試著讓對方理解我的邏輯，基於什麼原因那樣想、那樣說，但在對方聽來都只是辯解。我應該先照顧對方生氣時失落的情緒、給予安慰才對，但就連吵架，我都只想到自己。

如今我學到吵架的技術，就是真心地快速道歉，親口確認並精準說出我犯了什麼錯，並考慮對方的心情，將它說出來、給予共鳴。直到有了與某人同住的經驗，才學到了這些基本道理。床頭吵、床尾和，不只適用於夫妻吵架，也適用於同居的朋友。我們再度重修舊好，彷彿沒吵過架一樣，不過，至少靠著拔刀砍殺的動作，消除了一些壓力。

我試著思索吵架的目的是什麼。是找出我最拿手的武器，握著它直擊敵人的要害、讓對方一刀斃命嗎？狠狠毒打對方一頓，把對方踩在腳下，再也站不起來嗎？和同居之人、必須一起生活的人爭吵，是為了徹底忘掉，是為了提起鐵鍬挖掘渠道，好讓情緒得以疏通，也是為了讓一切順利回歸原點。

一個人雖然也能幸福，但既然決定讓某個人進入自己的世界，就必須照顧彼此的感受與狀態，為此付出努力。我們仍會吵架，快速和好後，再繼續吵。儘管一再原諒對方後又會失望，但我們依舊沒有放棄期望，不斷給彼此機會。而我知道，持續交戰的狀態，比完全不吵架時的脆弱和平要健康得多。

特福大戰

金

從搬家日開始，同居人就趕著截稿，每天在公司待到很晚，而我則一整天都在整理。我希望盡快待在窗明几淨的家，所以全天候不停歇地勞動，也想讓同居人每天下班進門時，能發現家裡一點一滴地變整齊。但這就像是薛西弗斯推石頭上山一樣，收納空間不足，我要判斷丟棄或無法整理的物品也太多了。在這節骨眼上，住在一起的四隻貓咪展開心理戰，每天都以不同形式增加緊張感（而且一天要清理的貓咪大小便和貓毛量也增加為兩倍）。我很快就產生倦怠感，煩躁感一天竄升十二次，就這樣過了好多天，終於發生了「特福（Tefal）大戰」。

既然我們都獨自住了很多年，自然會有同類型的東西。電視變成兩臺，微波爐兩臺，瓦斯爐也兩臺，最後我們都只留下一個，另一個全處理掉了。雖然我的壁掛式液晶電視更大，但嫌它醜的同居人提出反對，就送給了別人；我原本使用的惠而浦微波爐也給了準備開餐廳的朋友。搬家後，獨自整理物品的我，發現有兩臺型號一模一樣的特福電水壺。若要說有什麼差異，我的是一公升，同居人的是一點七公升。一個家裡不需要兩個電水壺，所以我打算處理掉一個。同居人不太懂得愛惜物品，電水壺看起來老舊許多，加上在我看來裡大到很不必要，原本打算直接丟掉，後來還是傳KakaoTalk[13]問了一下。

「這個可以丟掉嗎？有兩個電水壺，但我覺得小的就夠了。」傳完後，我又繼續整理了一段時間，直到收到回覆時打開看，上頭寫著「可是還是大的比較方便」。我回：「就算要煮兩包泡麵，一公升也就夠了。」叮鈴，訊息進來了：「要裝熱水到熱水袋時，那個比較方便啊。」

哐啷，我曾經在夫妻諮商的電視節目看過，被問到會為什麼問題吵架時，太

13 韓國極為普遍的通訊軟體，類似臺灣的 LINE。

太說：「真的會為雞毛蒜皮的小事吵架，就連為什麼脫襪子時要捲成一團都能吵。」這時，替夫妻諮商的人則以精明的慶尚道語調說：「夫妻之間啊，才沒有什麼小事，累積久了，就連一隻襪子都能讓情緒爆發。當杯子裡的水已經滿到邊緣時，只要再加一滴水，不就會溢出來嗎？就跟那一樣。」分享最私密空間的同居人亦是如此。

從搬家日開始，不，也許在那之前，水位就已經逐漸升高，在它岌岌可危之際，特福熱水壺的爭執正好成為最後一滴水。累積的煩躁感瞬間爆發。我一個人在這收拾爛攤子、孤軍奮戰一整天，妳卻連零點七公升的差異都不肯放棄?!就是因為什麼都丟不掉，家裡現在才會變成這副德性！不只這幾天，過去我替黃善宇清理、修繕、整理上水洞的家的記憶也一併湧上。雖然當時我很高興可以幫上忙，自動自發地去做，但心力交瘁時，一切都化為煩躁和憤怒回到我身上。果然人就是不能太過賣力。雖然我不求任何回報，但在內心深處，也許我是用自己的一雙手，在給對方和自己增添包袱。

我用落落長的訊息進行轟炸。從「妳就一輩子當囤積人好了！」開始，接著像在進行饒舌battle般，各種話傾巢而出。搬家前，還以為我們一起住，可以在更寬敞舒適的家中過著更好的生活，此刻內心卻彷彿置身地獄，往後的人生似乎徹底毀了。我完全不想看到一點七公升的特福電水壺，所以把它放上流理臺，用力地關上門。

之後，同居人整天都無消無息，深夜回家後，便直接走進衣物間，關上門沒有出來。而我，則帶著怒氣睡著了。隔天早上，整晚哭著整理要丟的物品、紅腫著雙眼的同居人，雙手提著滿滿的垃圾袋出現。看到的當下雖然愧疚到不行，卻說不出道歉的話。等同居人上班後，怨恨的心情得到化解，我又再次認真地扛起薛西弗斯的任務。

曾是同居人主管的《W Korea》總編輯李惠珠曾如此談論婚姻生活：「就算只有兩個人，也是一種團體生活。」對同居人來說，最重要的特質不是生活方式是否契合，而是有沒有心為了共同生活努力。唯有如此，就算產生衝突，也才能夠修補關係。那天晚上回家的同居人和我坦誠吐露了彼此的失望，重修舊好，特福電水壺也沒有被丟掉。其實，真正的問題不在於它，那零點七公升只不過是「最後一滴水」罷了。

剛開始住在一起時，我們無法接受彼此的極端差異，三天兩頭就吵架，我甚至還大哭大叫（同居人說打從娘胎出生以來，第一次看到有人這麼大聲發飆）。如今我們住在一起大約兩年，幾乎不會吵架了。這段時間彼此慢慢放下的，是企圖控制對方的心，取而代之的，是將兩人共同的理想住家樣貌與狀態、各自想確保的私人空間明確說清楚，並一起努力達成。試圖改變對方只會帶來爭吵，這件事從一開始就不可能發生。兩人一起為了相同目標努力，才是團體生活需要的團隊精神。和同居人一起住，我大幅降低了自行賦予的整理強迫症，就算家裡有些髒亂，也不會覺得那麼渾身不對勁。面對物品散布各角落的群聚生態界，也只是興致盎然地在一旁觀賞。另一方面，同居人購買物品時變得更加深思熟慮，最後我們家可說是達到了某種程度的平衡狀態。

幾天後就是我的生日，剛好前一天同居人也截了稿。家裡變得整潔清爽許多。那天，我吃了一頓這輩子最隆重的生日宴。同居人為了有「花蟹殺手」之稱的我蒸了巨大的花蟹，還有牛肉海帶湯、蝦子、牡蠣、煎肉餅、沙拉、涼拌野菜等，足以讓桌腳支撐不住的豐盛大餐，再替我斟了杯凱歌香檳。我很詫異一個人怎麼能同時做出這麼多料理。擁有一個對清掃整理沒有半點才能、在料理方面卻是天才級的同居人，回報就是一頓令人驚豔的生日大餐。每一道菜都好吃得令人咋舌，我們帶著愉快的心情酣醉，享受著在「我們家」的第一場派對。

介紹四位貓主子

HAKU	TIGGER	GORO	永培
Female	Female	Male	Female
2006	2009	2008	2011

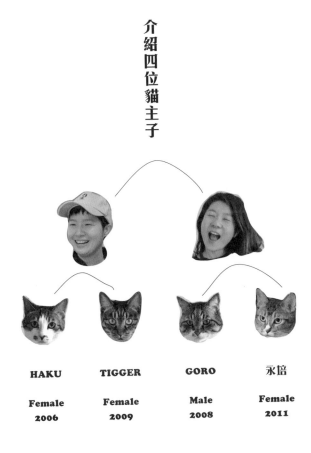

HAKU

Female
2006

十三年前偶然帶回家，是金荷娜人生中第一隻貓。據說是在下雨天，被放在某戶人家門前的箱子裡。小時候非常不起眼，長大後卻發生驚人變化，漂亮得不得了。牠的身材苗條，擁有一顆玻璃心，極為敏感，膽子很小，卻擁有滿滿的好奇心，碰到危機狀況時很有魄力。

名字之所以叫作Haku，是因為牠和金荷娜初次見面時不斷發出警戒的叫聲，「哈！哈！」個不停，還在金荷娜的手掌和手臂上留下無數爪痕和咬痕。只有摸牠時才會用兩隻前腿乖乖掛著，但現在經常跳上我們的膝蓋，是四個貓主子中最願意讓人抱的傢伙。只是，其他人想摸Haku，得花很長的時間，而且剛開始，連要見牠一面都很難。

TIGGER

Female
2009

金荷娜去淺水灣玩時碰上了一隻心儀的虎斑幼貓，原本主人說可以帶走，卻在最後一刻反悔，這件事也就無疾而終。心都給出去了，所以金荷娜回首爾後仍念念不忘，就在這時，碰巧在弘大入口地鐵站見到有人在兜售貓咪，而那隻裝在箱子裡的貓就和在淺水灣看到的幼貓長得一模一樣。賣貓的人似乎精神有點恍惚，金荷娜向朋友借了三萬元，像拯救貓咪般把牠帶回家了。

Tigger雖然膽小，但很喜歡散步，住在以前房子的那幾年，牠經常打開窗戶，在整個社區散步幾個小時後再自行回家。這隻大肚腩幾乎要碰到地面的胖貓，遇上外人來時，會連忙跑去躲起來。

JBL

GORO

Male
2008

在汝矣島公園度過青少年時期，有一次跑到黃善宇的朋友面前喵喵叫個不停，就被救回來了，因此和其他貓咪不同，無從得知牠幼年的模樣。由於塊頭大、眼角下垂，加上一雙大眼睛，就像《史瑞克》中出現的鞋貓劍客，讓人不由自主地棄械投降。牠不會見人就躲，要是有工人來家裡安裝什麼，會老神在在地坐在一旁，亂翻人家的工具包。雖然長得溫馴乖巧，但要是大搖大擺地靠近，牠可是會狠狠在你身上咬出一個洞來。

Goro是望遠洞兩人四貓家中唯一的男生，聲音卻意外尖細，有人會戲稱牠是閹伶，是具有反轉魅力的貓咪。

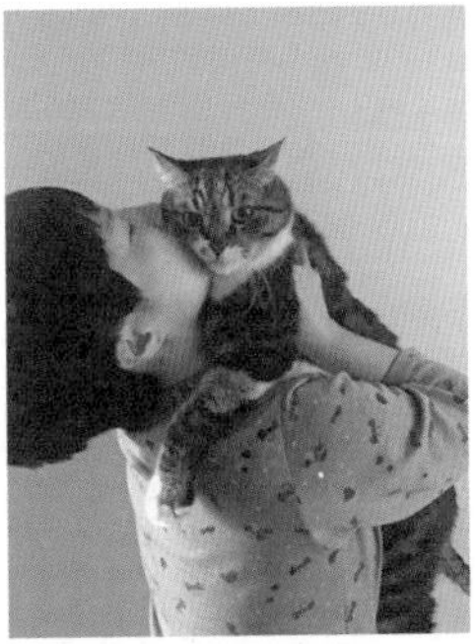

永培

Female
2011

策略家兼社運家，是四隻中年紀最小、最聰明也最狠的貓。名字來自黃善宇喜歡的Big Bang成員太陽的本名「董永培」。其他三隻貓都是街貓出身，是所謂的「韓國短毛貓」，只有永培是阿比西尼亞貓和街貓的混種，算是一半的品種貓。

牠也是唯一在有人類與貓咪的環境出生的傢伙，自尊心特別強，唯有集寵愛於一身才肯善罷甘休。明明沒有人教牠，卻懂得跑到人類的馬桶上解決大小便，是很聰穎又神奇的老么。老是不斷喵喵叫，勤奮地跑來跑去，不容易抱到牠，眼神總像是在打什麼歪主意。

JOHANNES BRAHMS
MOZART PIANO SONATAS

相似的腳趾

黃

第一次我用自己的錢買票去看的音樂劇是《貓》，那也是我第一次用存的錢去倫敦旅行。記憶中，許多的第一次都只留下模糊不清的形貌，而這大概是因為莫大的期待、不周密的執行力和淡淡的失望混在一起所致。當然了，《貓》是在全球長期演出、內容出色，也非常經典的娛樂巨作，只不過當時我的經驗和理解範圍太過狹隘，不懂得細細品味，知識也不足，不單是音樂劇，關於貓的一切也是如此。在拉開序幕前，演員們，不，貓咪們的眼睛在黑暗中閃爍，接著宛如匍匐前進般飛奔至座位旁，用前腳用力按壓或以尾巴挑釁觀眾的序幕，至今仍記憶猶新。

但在這之後，我的反應有點像是——就這樣喔？真正重要的故事什麼時候要發生？當時的我，似乎期待看到貓咪合力拯救面臨危機的人類，或貓咪一、二、三之間展開浪漫的三角關係之類的敘事，但《貓》確實就是什麼都沒發生的故事。深夜時分，都市的眾貓咪聚集到先知貓「老戒律伯」面前，決定誰可以獲得新生命，而每一隻貓出來展現自身的姓名和個性，幾乎就是內容的全部了。第一隻貓高歌一曲，第二隻貓也高歌一曲，另外兩隻貓則一起載歌載舞……英語臺詞聽在疲勞的耳朵中，為力不從心的旅人招來了睏意，一堆在舞臺上的毛茸茸生物，也開始變得一模一樣。

去年冬天與同居人一同搭車前往某處的途中，再次發現《貓》劇原班人馬到首爾演出的廣告。同居人說她至今沒看過《貓》。特地跑到地球另一端的南美，在各個城市看各種演出的人，竟然漏掉這齣知名的《貓》！我立刻預訂了兩張首演門票。相較於十五年前的我，現在的我對貓及貓的特質累積了一定的理解，而適合一起看這部作品的人就在我身旁，因為我們正是四隻貓的勤奮鏟屎官。沒錯，我們家住了四隻貓。

養一隻還不賴，養兩隻也算可以理解，但超過三隻，養到四隻貓是不是有點誇張？這是我看到朋友養四隻貓時產生的想法，而等到回過神來，我已經成為了那種人——和四隻貓一起生活，聽到別人說「會不會太誇張了」的人。要是有人問我怎麼會養四隻貓，大概可以這麼回答：「人生不是會發生許多計畫外的事嗎？碰到貓咪就更是如此了。」

我自己養了兩隻貓，後來又和同樣養了兩隻貓的金荷娜住在一起，所以貓就變成了兩倍。與每隻貓的緣分、計畫那類的，都只佔了非常微小的部分。回想起來，一直都不是我選擇貓，比較接近貓選擇我，引領我走到這裡。從這個角度來看，人與貓糾纏在一起是一種意外，但撲向我的不是龐大沉重的金屬塊，而是一團毛茸茸、暖呼呼的小東西。不對，該說是一種宗教嗎？自從我如此相信並全心投入後，生活從此再也不同了。

媽媽說要來首爾看新家時，我不禁心驚膽跳。「兩隻會掉毛的貓還不夠，竟然又多了兩隻，妳是想怎樣？」耳畔彷彿響起了媽媽的碎碎念，所以我沒敢老實說決定一起住的朋友也有養貓。但在首爾我們家住了幾天後，媽媽只留下一句「要和荷娜好好相處」，就揮揮衣袖離去了，同時以為我們家依然只有兩隻貓。因為金荷娜的兩隻貓很怕生，察覺到客人的氣息後，就一直窩在房間裡，完全沒有想要出來的念頭，所以雖然我沒刻意這麼做，卻也歪打正著隱瞞了這件事。

「妳們家有四隻貓吧？我都知道。」

媽媽是在閱讀金荷娜的書《放鬆的技術》時得知另外兩隻貓的存在。在那本書中，〈我人生中的第一隻貓〉是寫Haku，〈冒險家貓咪的離家出走〉則寫到了Tigger。但往後媽媽要見到牠們似乎也不容易。之前和金荷娜一起住的Haku與Tigger（總覺得分成妳的貓、我的貓好像不太對，所以為了方便，我們會以過去居住的區域，稱呼牠們為三清洞貓咪）生性害羞，不可能在陌生人面前出現。相反的，以前和我一起住的Goro和永培（牠們是上水洞貓咪），好奇心遠大於警戒心。從安裝冷氣的技工到剛搬到隔壁的朋友，就算是初次見到的人來家裡，也會湊上前去嗅聞，探看人家的背包，忙著進行調查。

如果以怕不怕生的標準來看，可以分成兩兩一組，但其實四隻貓都各不相同。兩家合併後，變成家中老大的Haku是最敏感膽小的貓，連聽到住在一起超過十年的同居人打噴嚏，都經常嚇得躲起來。有人伸出手時，雖然牠會稍微逃跑，退到一個手臂的距離後，但又會把身體縮成一團，翻過身，和你對上眼，發送要你再過去的信號，很懂得欲擒故縱。有身體接觸時，牠喜歡手勁強烈的觸摸方式，就像順著乾瘦身體的一節節骨頭往下滑般。抱著好一會兒之後，雖然會很平靜地打起呼嚕，但要是外頭突然又有什麼聲音，就會猛然受到驚嚇，落荒而逃。

老三Tigger和身形瘦小的Haku正好相反，體型圓嘟嘟，膽小這點倒是如出一轍。不過要是親近起來，就會很積極地求愛。坐在沙發時，牠會跑過來蹭蹭自己的小臉，將身體緊貼在你身旁，一旦停下拍打屁屁的動作，還會發牢騷，儼然一副站在鏡頭前的好萊塢星二代之姿，對該受到寵愛的自己沒有絲毫懷疑。牠是我們家唯一享受外出的冒險家，還曾有踩著韓屋屋頂飛來飛去，結果受重傷回來的流浪史。

老二Goro有張圓圓的臉蛋，身形壯碩，看牠趴在床腳，或在音響寬敞的高處占據一角，以伸展腿部的大字形姿勢睡覺時，就會覺得牠像一隻大型犬，而不是貓。初次來我們家的人都會說「牠是不是狗啊？」「感覺就像是兩、三隻普通貓的合體」，對巨貓Goro的體型大吃一驚。雖然牠會毫不拘束地跑到陌生人的膝蓋上，好整以暇地一屁股坐下，但如果有人惹牠心煩，偶爾也會咬人或抓人。

還有老么永培，牠活力充沛，不禁懷疑牠是不是有輕微躁症，經常處於亢奮狀態。牠會打開放貓咪用品的抽屜，自己撈出玩具來玩。據說多話的貓一般都具有高智力，永培是四隻貓中頭腦最好的，所以同居人和我經常打趣說要好好養牠，以後送牠到培養科技人才的名校ＫＡＩＳＴ就讀。此外，牠也是四隻中最聒噪的，整天嘰哩呱啦說個不停，假如牠是個人，光是忙著回答牠，八成會被搞得筋疲力竭。

四隻貓以四種不同的方式存在著，如果想要好好照料每一隻、給予關愛，就必須留意牠們彼此的差異。就像四套材質、設計與顏色都各不相同的衣服，就要留意不同的洗滌方式。

曾跟我同組的中國同事吳藝曾說：「中國人口有十三億，有超過二十個省份，每個區域的文化都非常不同，但韓國人太輕易把『中國人都這樣』說出口了，我就沒辦法這樣論斷韓國人。我住在韓國超過十年，但親近的韓國朋友全都不一樣。」

對於越不瞭解、越疏遠、越缺少愛的對象，就越容易將其一般化，就算被胡亂包在一起互相抵銷也無所謂。但有了熱愛的人事物後，即便是非常細微的差異也能創造特別的感受。和四隻貓咪生活後，雖然產生了「貓就是這樣」的特定理解，卻也在明白了個性後，就很難說出「貓都是這樣」。

如今我相信，假如世上有一百隻貓，就存在一百種不同的性格。因此，「一模一樣」這句話，至少絕對不能套用在貓身上。想要窺探其中的差異，光靠一部音樂劇是不夠的。雖然以我們家為舞臺上演的《貓》也沒有什麼故事劇情，但光靠角色性格，就足以撐完全場。

我們成為大家庭了

金

當家中養了一、兩隻貓，大家會視為稀鬆平常，假如是三隻，就會些許驚嘆的說：「是喔？」聽到是四隻，則會驚呼：「哇，真的假的?!」

獨自與兩隻貓一起生活時，我還認為自己是「一人家庭」。就算經常向兩隻貓攀談，但牠們始終毫無回應，大多時候家裡總是很安靜，碰到貓咪受傷或做完結紮手術回來那天，我會獨自默默掉淚著進入夢鄉。可是成為W_2C_4後，儼然成了不折不扣的大家庭。

打開零食櫃時，四隻貓就會不約而同地跑出來喵喵叫，一時之間好不熱鬧。來自兩家的貓咪們會分派系打架、逐漸改變地盤，或帶著戒心觀察彼此，使關係力學出現變化，我和同居人就得煞費苦心地思索，如何緩和這種緊張氣氛。

其中也有意想不到的微妙之處。我被原本就一起住的貓抓撓時還沒什麼，但被後來住在一起的貓抓咬時，內心卻會滿滿的失落，還曾在尚未掌握新貓咪的性情前，就貿然撫摸或摟抱牠們，結果貓對我做出嚴厲的審判，把我的手咬得流了許多血。該怎麼說呢？就好像我成了再婚後，孩子們不肯交心，還會說「她不是我媽媽，她是阿姨！」的那個「阿姨」，心中有滿滿失落。

我們成為大家族至今已經過了兩年，我不再被貓咪咬，貓咪間的打鬥也比剛開始少了，「我的貓」和「你的貓」成了「我們的貓」。今年我們家就有好幾口去了醫院，同居人和我接連動了手術，同居人傷到腳踝，縫了十一針。十三歲的老大Haku因牙齒手術住院，現在已經痊癒，最近老二兼家中唯一雄性成員的Goro也動了手術。

Goro的症狀比Haku嚴重，過去曾因結石動過手術，最近無法上廁所的狀況越趨嚴重，正處於觀察期。某個週日牠撒了血尿，讓我們大驚失色，隨即將Goro送到二十四小時的動物醫院，兩人合力將大塊頭Goro放進移動式寵物籠。我開著車，同居人抱著很沉的籠子坐在副駕駛座，結果Goro受到驚嚇，又撒了尿，全身散發尿騷味。當時是梅雨季，我們在大雨毫不留情地傾盆而下時抵達醫院。

Goro因膀胱和尿道有好幾顆結石，情況很危急，一不小心就會堵塞。入院後，隔天動了手術。Goro恢復期間，同居人和我每天都去探視，看到Goro在箱型病房裡的模樣，真的好心疼。由於大塊頭的Goro張牙舞爪地撲向護士和醫生，所以四隻腳都被繃帶裹了起來，身上掛著龐大的頸圈，如果想要抓撓後頸的癢處，也只能用被繃帶纏住的後腳無精打采地拍打頸圈。看到Goro身上吊著成串的輸液管和小便導管，有氣無力地趴著，我忍不住落下淚來。

出院後，原本看似逐漸恢復的Goro在一週後狀態急遽惡化，只好再次緊急送醫，每天都好心煩意亂。幸虧Goro在經過第二次治療後情況好轉，現在正在家中慢慢恢復。經歷這一切，我和同居人更感激彼此的存在，縱使哪一天貓咪們必須跨越彩虹橋，兩人一同分享悲傷，也比獨自承受來得好。

就像「兒女多，牽掛多」這句俗諺，成為大家庭後，開心變多，悲傷也增加了。不過，「悲傷分享之後會變成一半，喜悅分享之後會加倍」這句話似乎也沒錯。成為大家庭後，發生事情是很自然的，但我們也產生一同分享的信心，從中衍生的安定感，不正是家人最大的美德嗎？無論家庭的型態是什麼樣子，我們會彼此依靠，也會帶著兩倍的快樂走過人生的各種曲折。

這是遺傳自我媽媽

黃

一般來說，電影的第一個畫面都會用人物的外貌和行為來呈現人物性格，假如我的人生要拍成傳記電影，高中時上學的情景應該很適合拿來當故事展開的畫面。身材粗壯的女高中生氣喘吁吁，好不容易搭上校車，在短暫的上學途中不停打瞌睡，再睡眼惺忪的下車。鏡頭先對準匆匆走向校門的背影，以及掛在肩上的沉重書包，再特寫比書包更大的手提袋——裝了午餐和晚餐的兩個保溫便當盒、裝有咖啡或茶的保溫瓶，甚至還有餅乾零食的便當袋。

沒錯，我曾是個帶著全校最大便當袋的學生，因為我總是處於飢餓狀態，吃得又多，加上有個不斷供給燃料，讓食慾不會熄滅的媽媽。那年頭學校沒有供應午餐，還要晚自習，所以媽媽必須為我準備兩餐。為了替睡眠總是不足的高中生準備餐點，媽媽都得提早一兩個小時起床吧。

和家人一起住時，早上只要聽到廚房的聲響就會醒來。不知道在切什麼、煮什麼或用油煎什麼，廚房的生活噪音太過具體、太有現實感，以致尚未從夢中醒來前，朦朧的意識就已經產生異樣感。在感官都還沒完全打開前，食物的氣味最先竄入鼻腔的感覺，當時令我很不悅。一張開眼睛，餐桌上竟然就已經準備好食物，換作是現在，我一定會幸福爆表，二話不說立刻起床。離開家裡獨自生活，意味著必須迎接數千個沒有人會用食物香氣叫醒我的早晨。

我媽媽韓玉子女士，與八個兄弟姊妹中的長男黃振圭結婚，這輩子都在為別人準備食物。新年與中秋，還有一年兩次的大型祭祀，總要買一大堆食材回來，從準備開始，直到送別時人手一個裝滿肉和甜湯的冰桶才結束。

「為什麼我醃的泡菜就沒有姊姊做的這種味道呢？」「大嫂煮的菜乾湯比我媽

煮的還好吃。」有段時間，我覺得這種話擺明了是以稱讚來操縱他人。看到爸爸都已經過世超過十年，媽媽還要獨力準備家中祭祀用的食物，有時不免心生怒氣。

越是以「媽媽的味道」這個框架來崇尚家常菜，媽媽們就越是辛苦。擅長下廚的媽媽要做的事情會變得更多，而不擅廚藝的媽媽則會充滿罪惡感。不管是誰做的，最好能簡單地分工合作，可以的話就從外面買回來吃，減少家事。雖然我也是媽媽牌食物這個特權的最大受益者，而且從不曾拒絕、享受著一切，從這角度來看，我的觀點可說是自相矛盾。現在回釜山時，媽媽仍會以我喜歡吃的食物來規劃菜單，像是花蟹湯、烤排骨、炒魷魚等，導致我的胃完全無暇休息，而我把這稱為「媽媽的完全飼養法」。

在幾乎沒什麼對話的慶尚道母女之間，一週一次的通話主要可以歸納為三種問答：「吃飯了嗎？」「最近吃什麼？」「要不要寄吃的給妳？」但原本只講重點的通話最近開始逐漸拉長，原因在於媽媽說要寄什麼過來時，總是先行推辭的我改變了，開始會有「荷娜很喜歡媽媽寄來的醬煮蓮藕，如果有嫩蘿蔔泡菜就更好了。」這類請求。

一人餐桌都是以效率和便利為主，有時會以一、兩顆水煮蛋加上蘋果或地瓜果腹，或加熱即食飯配上咖哩調理包解決一餐。神奇的是，人類在為他人服務時，會比為自己更勤勞，如果是要準備和某人一起吃的飯，也不知道是哪來的力氣，我會很自然地煮個湯，也會多做一道熱菜。兩人住在一起後，在家做飯、吃飯的次數大幅增加，因為同居人會負責洗碗和善後，吃完後清理的負擔也輕鬆不少。

即便是忙於截稿的夜晚，為隔天煮湯反而會讓我的心情變好。這對我來說是一種有創意也很享受的遊戲，也帶給我把自己的生活打理得很好的安定感，媽媽寄來的食物，形成了這份安定感的關節。

不知從何時開始，我經常會好奇，在我上班後獨自留在家裡的同居人是否安然無恙、有沒有挨餓，該不會用泡麵就隨便打發了一餐。我也逐漸明白，對媽媽來說，食物不只是為家人所做的犧牲，它是表達對對方的愛與關心的方式，也是發揮自己能力的一種樂趣，是掌管廚房的高度管理，也是與木訥的子女對話的媒介。隨著打包食物、餵養的對象增加，媽媽的世界也變得寬闊。如今，那個世界也包含了我的同居人。

不知不覺中，我也經常會問同居人類似的三個問題——早餐吃什麼？中午準備吃什麼？晚餐要吃什麼好呢？飼養的DNA也傳到了我身上。記得有一次，為了現在也想不起的原因和媽媽吵架後，我一個便當也沒吃，原封不動地重新帶回家。當時媽媽是什麼心情呢？精心準備好，為了避免飯菜涼掉，將熱呼呼的飯菜裝進便當盒，孩子卻故意碰都不碰，害媽媽最後要把飯菜扔掉，想起這陳年往事，就為自己的叛逆與壞心眼感到羞愧。

雖然當事人我媽搞不好會很灑脫地說：「不吃拉倒，是她自己的損失。」因為媽媽對自己的手藝就是這麼自豪。

白吃白喝 永續經營法

金

研究四柱[14]的朋友說，我的四柱中帶有吃的福氣，我確實無法否認，我真的有許多廚師朋友，或就算職業不是廚師，也會把做料理餵養別人當成嗜好和幸福、宛如聖人般的朋友（這樣的人加上同時職業是廚師的，也有好幾個）。令人感激的是，我曾被朋友票選為「最喜歡做料理給他吃的人」，好幾年以食客身分進出黃英珠家時，黃媽媽也經常說「才蒸好了花蟹，金荷娜

14 《易經》用語，以出生年、月、日、時的干支為八字，排成四柱，分別稱之為年柱、月柱、日柱和時柱。

就神不知鬼不覺地現身了」。

反倒是我自己，幾乎不會做菜，怎會如此有吃的福氣呢？今日我打算特別向各位說明「白吃白喝的方法」，只要記住一件事就夠了——

一定要吃得津津有味。

這不是要大家就算覺得不美味，也要勉強吃下去。只要想到某人替自己做菜的心意，就會自然而然地吃得很香。白吃白喝的人並不是負責辨別美不美味的人，能被賦予評價資格的，只有付錢購買食物時，才有資格評斷食物的價格合不合理。替別人做菜，是一種出自單純好意的高貴行為，也是極為繁瑣的事。有人辛苦地花時間準備食材，用各種方式料理，再盛裝到盤子上端給我，這些食物會進入我體內，成為我的血肉，使我健康地活下來，世上還有比這更值得感激的事嗎？只要懷抱感恩的心，吃什麼都好吃，這是很簡單的真理。還有另一個簡單的真理，既然在別人那裡白吃白喝了，就要說聲謝謝，幫忙善後與洗碗，這也是只要心懷感謝，就會自動自發去做的事。

說起我的同居人黃善宇，如果透過 Twitter 看她，不會認為她是會做菜的類型。雖然熱愛美食，但很享受在外玩樂，個人主義傾向也很強烈，很難想像她做菜與某人享用的情景。但每次去她家玩，她都會變出一道道美食，這是怎麼回事？就連花蟹、章魚這種初學者很難處理的食材也得心應手，不僅能利用現有食材，俐落地做出創意又美味的義大利麵或拌麵，料理各種鍋類、湯品、涼拌野菜、拌菜等韓食手藝也好到令人咋舌。她還具有強烈的挑戰精神，沒做過的料理也毫不膽怯地嘗試，而且大部分都會成功。

有一次，我們在冬天邀請白星阿哲夫婦來作客，做了燉菜，黃善宇聽說加入健力士啤酒後會變美味，卻不小心地倒了太多，導致燉菜充滿苦澀味，實在無法把這道菜端上桌，連黃善宇都覺得失敗了，做了其他下酒菜。就在大家酒酣耳熱之際，她一個人在廚房忙進忙出地拯救燉菜，又煮了好一會兒，直到酒至半酣，她才突然「登愣」地端上桌。喝醉後味覺變遲鈍的我們，將燉菜吃得一口都不剩。黃善宇無論如何都會讓它成功的！

後來才知道，同居人不僅出手大方，還是把做菜給他人吃當成遊戲般享受的類型，我真是遇上了貴人。宴完客或開完派對後，我們家廚房就會變成滿目瘡痍的戰場，因為同居人不是那種下廚時會小心翼翼的風格，廚房宛如被投下了炸彈般凌亂。這時投入戰場的，就是清掃派的我。正如前面所說，雖然其中也包含了「白吃白喝後就要洗碗」的想法，但其實我很喜歡善後和洗碗，尤其我具有某種變態傾向，就是把一片狼藉的廚房恢復原狀，彷彿剛搬來的新家一樣，並從中獲得莫大快感。我將堆積如山的碗盤洗淨、鍋碗瓢盆都整理好、被噴到油漬與醬料的磁磚和流理臺擦拭乾淨、消毒排水孔、更換抹布、變鈍的刀刃也重新立好，好讓我們的主廚下次能帶著清爽愉快的心情上場，做出美味料理。這不是因為我的四柱裡帶有吃的福氣，而是若想繼續白吃白喝，至少應該做到這樣。

聖誕節交換禮物

金

一起度過第一個聖誕節時，我送了一份小禮物給同居人，同時也貢獻（？）了我的才能，那就是用「近藤麻里惠」風格，替同居人整理總是充滿活力、氾濫成災的T恤抽屜。近藤麻里惠（Marie Kondo）是撰寫《怦然心動的人生整理魔法》的日本收納高手，在美國刮起一陣整理旋風，甚至出現「KonMari」的新造語。

我們變熟後，黃善宇曾向我吐露

煩惱：「真不曉得該怎麼把整理這件事做好」，我一提起自己信奉的這本書，她大喊：「啊！我也有那本！」但隨即以尷尬的口吻補充：「但實在不知道塞去哪裡了……」

同居人什麼東西都多，其中以衣服最多，因為她喜歡穿新衣服，又捨不得丟掉陳年衣物。我就曾親眼目睹塞滿上水洞家中整面牆的「王子吊衣架」倒下的光景。同居人說這不常發生，但那一刻我正好人也在場，連忙跑過去幫忙撐住，但掛得密密麻麻的衣物重量實在驚人。衣物彷彿土石流般崩塌，房間瞬間成了災難現場。王子吊衣架的零件已經斷了，無法再使用，只好到超市買新衣架組裝，再艱辛地把衣服密密麻麻掛好。

對於衣服數量明顯比同居人少、也喜歡重複穿同樣衣服的我來說，看到發生在同居人身上的天災——衣物土石流和T恤氾濫——只覺得神奇，更有趣的在於時尚編輯界同事的反應：「吊衣架不是每個人都會垮個一、兩次嗎？」

近藤麻里惠的T恤收納法，是將T恤摺好後立起來，一件件擺好。如果從抽屜頭到尾都擺滿，就不會倒下來，而且一眼就能看清楚所有的T恤，十分方便。但同居人的T恤抽屜早就擠爆了，很多衣服必須移到下方我的抽屜裡。當然啦，同居人的T恤不只這些，她另外還有「條紋T恤」和「慢跑用T恤」的抽屜。相較之下，就算把我所有T恤集合起來也裝不滿一格抽屜。假如同居人的T恤增加，就必須把我那一小撮T恤中不穿的丟掉，讓出更多空間。

整理完抽屜後，看到衣服排得井然有序，同居人也很開心。對我來說，整理T恤抽屜不是什麼麻煩事，只是很花時間罷了。摺疊T恤時，我的心情會平靜下來，做完後聽到同居人的稱讚，也讓我很有成就感。

一起住就會產生這種交換價值。一個人住時，有很多就算不想做也非做不可的事，也有很多必須做卻做不了的事。兩人一起住，互相抵消的部分比想像中要多，因為各自擅長或做起來很輕鬆的部分都有些許（以我們的情況來說是極端）不同。同居人看到我修理故障的檯燈，或把電風扇分解後擦拭，就會露出瞠目結舌的表情，彷彿在說「這也辦得到喔？」對我而言，同居人的料理就是如此。有時碰到截稿期，同居人三更半夜才下班，但隔天中午要去上班前，她卻煮好了兩種湯，要我在她忙截稿的時候吃。

我擔心她連截稿都忙不過來了，極力勸阻，同居人卻若無其事地說：「做料理能消除我的壓力，也是一種玩樂。」下廚時總是大手筆，原本打算煮兩人份，卻經常煮成六人份的同居人說，過去做自己一個人吃的食物不但無趣，也很難處理剩菜，但有了能做菜給對方吃，而且每次都讚嘆連連的人後，覺得很開心。就像我對同居人製造的天災感到不可思議，她大概也對我那幾乎空空如也的冰箱大開眼界吧。

把自己照顧得很好的人生固然很好，也值得尊敬，但還是享受替他人服務的喜悅更有趣，更幹勁十足。

新年第一天

黃

新年第一天中午，邀請了兩週前搬到比我們低兩樓的鄰居李艾莉和金漢成夫婦到我們家。「反正煮兩人份年糕湯和煮四人份差不少！」這是我前一天豪邁發出的邀請訊息，但這豪邁不到半天就萎靡了。

因為早上睡到很晚，直到快中午才手忙腳亂地起床，加上翻遍整個冷凍庫拿出來的年糕片只勉強比兩人份多一點。原本想準備一頓豐盛的餐點招待，結果不但必須伸手拿人家的食材，還讓他們在我下廚時在一旁苦等。怎麼辦呢？他們的鄰居儘管出手大方又喜歡邀請別人，卻是個鬆散的傢伙，樓下的朋友還是早點習慣為好。

我把煎蛋絲和切紫菜的重責大任交付給身為副主廚的同居人，趕緊開始用海帶熬高湯、磨大蒜、用香油爆炒牛肉，以湯醬油和蒜泥調味，再淋上海帶湯頭熬煮，撈出浮沫。最後，牛肉會搞定一切。只不過在熬煮以牛肉為主材料的湯時，我有一個獨門祕方，那就是最後再用玉筋魚露調鹹淡。啊，在這之前更重要的祕訣——肉的分量越多越好。

鄰居夫婦在約定時間提著兩瓶繫上橘色緞帶的加平松子小米酒、切好的水果，和我要求的年糕片現身了。邀請客人到家裡，食物卻還沒準備就緒，必須讓對方等待時，家有四隻貓就變得相當有用。充滿活力也比較不怕生的孩子會在他們面前轉來轉去，幫忙接待客人。

我將親自送來的年糕片投入湯中，再多煮一會兒就行了，拿出家裡用來裝麵的大碗盛好、放上配料的收尾步驟也隨即完成。雖然分量調節失敗，最後煮成五人份，但年糕湯很是美味（他們說的）。

我們以白色的年糕湯和白色的小米酒祝賀新年，聊了跨年夜吃了什麼和彼此的工作，接著將前一晚剩下的一點燙海螺拿來當配菜。神奇的是，金漢成竟然知道這是在Homeplus超市以六千九百元買到的商品，還說他昨天一直苦惱要不要買，最後還是放回了原位。兩家的生活半徑和喜好在海螺上有了交集。我們家的咖啡豆剛好在前一天用完，所以用樓下拿上來的咖啡豆煮了咖啡，鄰居也在停留兩小時左右後，又回到樓下的自宅。

其實金荷娜和我在前一天的十二月三十一日晚上起了點爭執。同居人想在新年倒數結束、迎接新的一年時，以稍微帶點神聖的氛圍回顧過去一年、聊聊天，我卻注意力不集中，老是簡答完就滑手機，兩人因此起了口角。

如果要辯解，大概就是買完菜回來就忙著準備沙拉，開始吃晚餐時已經九點了，而從頭到尾把肉烤得恰到好處、趁還沒焦掉前就勤快吃掉是我的責任。接近十二點時，飽足感、油煙味和疲勞一股腦向我襲來。各群組紛紛傳來祝賀新年的訊息，而九〇後的小朋友們可能是想和年紀一大把的部長分享倒數的喜悅，不停在午夜時分傳來新年問候。還有不可否認的，我就像眾多現代人一樣，對社群網站上癮。

「十二點前後，難道就不能神聖地度過三十分鐘嗎？」雖然能理解同居人的期待，但在沾上肉油的烤盤和響個不停的手機面前，要做到並不容易。在生活情景一覽無遺的空間中，若想與那些細瑣的時間脈絡一刀兩斷，就得花費心思打造情境。現在回想起來，至少要在八點開飯，十一點結束，把桌面的油漬擦乾淨，讓空氣流通後，再點上幾根蠟燭營造氛圍，應該就會很不錯。

送走客人後，只剩下我和同居人，我們很自然地開始做家事：把髒碗盤洗乾淨、要洗的衣物丟進洗衣機、清理貓咪的廁所，而用吸塵器吸地是每天必做之事。還有，我們多加了幾項新年第一天的特別儀式——將使用超過兩年的老舊毛巾全數換成前一天事先洗好晾乾的新品，再把牙刷、肥皂、沐浴球、浴簾、菜瓜布、室內拖鞋等丟掉換成新的。將生活中極細微的部分、不貴的生活用品一次換成新的，能讓接觸到身體時的感覺更加清爽，也使一月一日全新開始的心情極大化。

接著，在新年第一天的太陽緩緩西落之際，我們打開廣播，因為同居人錄了一週的ＭＢＣ廣播頻道《等一下》節目，內容很棒，是同居人的第三本書、散文集《放鬆的技術》的前言，說的是相較於在新年訂立太過高遠的計畫，試著拋出「為何要做這件事？」這個問題，把焦點集中在對自己真正重要的事情上。雖然同居人在家裡會穿著一身睡衣、和我並肩說些無聊玩笑話，但不可否認的是，在公開場合以言語和文字接觸她時，確實很帥氣。

像這樣下午和其他人碰面，打理日常生活的同時，心情也變好許多。在黑暗中點燃蠟燭，再次點亮一年的喜悅、送走悲傷，這種儀式雖能帶來神聖感，但摺疊毛巾、替貓咪剪指甲、打理日常等瑣事，更能穩固地支撐一個人，這種方式的聖潔在生活中也適用。

開始自己做飯吃之後，就會因轉眼又要吃下一餐感到吃驚。告別舊毛巾、開花的牙刷、髒舊的拖鞋後，我們決定至少晚餐不要被家事折磨，前往新年第一天依然有營業、以司機為主要客群的社區餐廳。

休假日的夜晚，四周彷彿都沉浸於嚴冬夜晚的冰冷空氣中，十分靜謐。走出大樓，繞過拐彎處，正面映入眼簾的，是一輪碩大皎潔的明月。我像被磁鐵吸引般，不由自主地將雙手併攏祈願。

今天是新年第一天。雖然在度過一年的同時，經歷了失敗、失誤，也多了許多傷痕，但現在是收到如那輪明月般飽滿的三百六十五天作為禮物的一月一日，是腦中浮現許多想懇切守護的人事物、未來要帥氣地實現計畫的一月一日。

那天的神聖，大概為我們彼此帶來了不同的時光，而我也下定決心，明年十二月三十一號不要在家裡烤肉吃，一定要外食。

奶油就是幸福！

金

那是在不久前，要安裝兩組家具的日子，得在牆上釘螺絲釘，安裝整組置物架。來了兩位師傅，用電鑽在牆上鑿洞，頓時整個家中有如魔音穿腦，灰塵也鋪天蓋地。就在我心想，希望第二組家具也可以趕快結束，把一切整理好時，師傅突然說沒辦法安裝第二組家具，因為有配電箱，牆壁後方可能有電線經過，要是繼續鑽洞，自己可能會觸電而死。既然攸關人命，我們也不能強迫對方安裝，但假如在賣東西前，事先詢問牆上有沒有配電箱，告訴我們可能沒辦法安裝的話，不是很好嗎？師傅說「退貨費用要由消費者負擔」後，就揚長而去。

原本以為只要忍耐一下噪音和灰塵，就可以組裝完成，也可以開始大掃除的我們，一時悵然若失。事先搬移的既有家具、取出來的各種生活用品，還有原先打算安裝卻沒組裝的家具擺得到處都是，放眼望去，亂七八糟。在那個狀況下不僅無法打掃，而且想到要把經過深思熟慮所選擇的家具退貨，重新再跑一次看家具的流程，不由得壓力爆表。同居人和我已經呈現虛脫狀態，肚子實在餓到不行，於是我們烤了地瓜，塗上依思尼（Isigny）奶油吃。因為累壞了，又心煩意亂，兩人默默無語地吃著地瓜。這時，身為奶油愛好者的同居人突然大喊：

「奶油就是幸福！」

這句話實在太沒頭沒腦，同居人又笑得一臉幸福洋溢，我也忍不住爆笑出來。順道一提，這人還曾經說過「我才不抹開奶油！」這句名言。意思是奶油這種東西，自古以來就該整坨放上去吃，不該小家子氣地抹開來吃。在壓力狀態下聽到「奶油就是幸福！」後，瞬間心情都好了起來。我不禁想，果然就是應該找單純開朗又可靠的人一起住。但是，同居人的同居人是我，所以我也下定決定要從自身做起，當一個單純開朗又可靠的人，最好平時也先搞清楚，像奶油一樣確實帶給我幸福感的東西是什麼。

「萬春書店」是位於濟州一家很有魅力的書坊，老闆李榮珠曾說，每次在離家很遠、又好吃得令人讚不絕口的餐廳吃解酒湯時，就會忍不住心想：「啊……現在吃完後，什麼時候還能再吃到這個呢？」但有一天，她突然意識到解酒湯可以外帶！把它買回家，放進冰箱的那天，她說自己獲得了這樣的領悟——**幸福是獲得保障的未來**。

未來的美味解酒湯，與獲得保障的今日，以及未獲得保障的今日，必定不同。

家附近有一家同居人和我很喜歡的壽司店，午餐時段沒那麼貴，所以我們經常光顧。有一天，說好由我請客，因為那天我會有一大筆錢入帳。前一天事先預約好了位置，整晚兩人的心情都很愉快，就連早上也是以「眼睛一亮」的狀態醒來。壽司正是「獲得保障的未來」，已經知道是什麼滋味，事先訂好喜歡的餐廳，等於是延長了幸福的時間。可是等到要出發前，我確認了帳戶，才發現款項沒有預期的多，只有不到一半的錢入帳，確認後才知道是我記錯了合約內容。當下滿滿的失望，也對連合約條款都沒記清楚的自己感到心寒，不過沒關係，因為我們有壽司這個獲得保障的未來。

壽司真的很美味，錢只拿到一半的我愉快的結了帳。我們就像是早就料到會有這麼令人失望的事情般，事先訂好壽司店，做得太棒了！預期會有一大筆錢入帳而事先預約本身，則已經變成了另外一件事。

走出壽司店，我們去很喜愛的咖啡廳Michaya，享用咖啡與生乳酪蛋糕當甜點，也是我們很喜歡的味道。幸福是什麼呢？它可能是奶油，是獲得保障的解酒湯，也可能是事先預約好的壽司店或美味一如既往的甜點。寫到這裡，才發現怎麼全都是吃的？如此看來，我們似乎是把「吃」視為攸關幸福的人。

各位也能像這樣，好好思考什麼能讓自己感到幸福，如果你發現了，希望你能試著大喊一聲：「〇〇就是幸福！」一旦找到了，就算處於艱辛，也能比較快恢復，即便錢少了一半也一樣。呃，突然又覺得好傷心，看來得吃個地瓜塗奶油了。

顧問費 同居人價 五百韓元

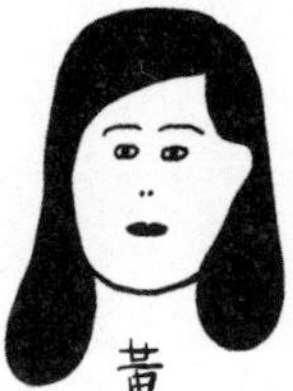

黃

真沒想到過了四十歲，我還會煩惱自己的前途，而且比二十歲時更劇烈。學號為九〇年代中段班的我，當時不像現在競爭這麼激烈，要找到工作沒有太難。雖然剛好是在亞洲金融風暴爆發後，人才聘用大幅縮水，但在當時規模大的雜誌社還存在公共招聘制度，我考了常識、作文等科目，再經過面試，被錄取為實習記者。

最近雜誌界的後輩都是以助理或

打工形式聘用，卻得直接投入實務，還會要求具備外語或社群編輯能力。他們沒有先成為公司的正式一員，在安全的籬笆內慢慢學習、從錯誤中成長，上頭卻直接把事情丟給他們，等他們證明自己的實力後，才能進入堅不可摧的牆內。在這種生活即是考驗，每一刻都要接受評價、殺氣騰騰的環境，我能在同個領域獲得工作機會、累積資歷嗎？想到這裡，我就沒有半點自信。

當時腦筋很死板的我，幾乎沒什麼海外語言進修、作品徵選比賽或證照等可以寫在履歷上的資歷，也沒有能寫在自我介紹的華麗經歷，假如我是最近的求職族，搞不好連要當雜誌編輯都有困難。能找到符合性向的工作，愉快地工作近二十年，無論是就身處的時代或個人角度來看，確實都是因為很走運。

「在往後的百歲時代，一個人會結兩次婚、擁有約三個職業，也許會成為普遍現象。」曾在《W Korea》共事的李惠珠總編輯曾如此說。雖然很難知道他人的原因，但就我自己而言，苦惱是在經歷四十歲的同時開始。雖然婚一次也沒結過，但試著選擇第二個職業的直覺不斷敲擊我。

對新世界充滿好奇心，喜歡與人談話，樂在將此整理為文字的我，時尚雜誌的專題編輯很適合我。我曾被稱讚做得很出色，每個月交出成果時也很有成就感，只是不禁懷疑，我能持續投入高強度的努力、維持精神緊繃到什麼時候？

製作月刊時，一個月通常會有十天左右的截稿期，至少有超過一個週末要工作，加上不斷的加班，總有一兩天熬夜到凌晨。直到天色已亮，世界迎接新的一天之際，我才終於下班，讓身體躺在床上，這時就會覺得人生像是被緊緊綑綁在某處般，快要窒息。但等到完成下個月的企劃會議，在平日慵懶地休個假後，先前的痛苦又一掃而空，自發性地成為新月份的奴隸。雜誌生活宛如先拚個你死我活，又表現得甜蜜多情的戀人。在冷戰後化解、又哭又笑，度過昏天暗地的每個月，就這樣咻咻地過了一年又一年。現在我來到了再也無法說年輕的年紀，想要試著活出與身體習慣的節奏不同的人生。「雖然相愛，但還是分手了」，給我這種深刻體悟的不是人，而是工作。

換到新公司的同時，我擔心的有兩件事，一個是害怕自己過去待在工作到很晚、早上相對鬆散的雜誌社，是否能夠遵守不曾試過準時打卡上班？再者，我只習慣Word和文字內容，假如必須用Excel，那該怎麼辦？但過了兩個月，我發現這兩件事都不構成問題。出乎意料的，原來我是喜歡稍微悠閒一點上班、迎接早晨的人，而公司代表比我還討厭Excel。過了四十歲，還能有從自己身上有新發現，而對他人的成見很多餘的時刻。

新公司與新工作確實替生活賦予了新節奏，但要我無縫接軌、立刻上手是不可能的。即便扣除上班打卡和Excel，為了熟悉新業務、規定、技術與組織文化，也使身心搖擺不定、手忙腳亂。已婚的朋友去婆家過完節後曾說：「感覺就像是變成大人後，被別人家收養。」太久沒換工作的我心情恰恰是如此。這種離開故鄉、使用外語，置身在陌生人群中試圖證明自己存在的異鄉人心情，就這麼延續了好幾個月。

萬幸的是，度過這樣的一天後，有一個會傾聽我這些時光的人。加上這個人和我一樣在社會上打滾多年，對世事具有值得信賴的洞察，所以聽到的建言相當寶貴。同居人最近在廣播節目《星光閃耀的夜晚》當星期二的固定嘉賓，負責替人解答煩惱，假如她在去上深夜廣播前收到聽眾的故事，我還能事先聽到，一起思考並給予意見。集思廣益想出的解決之道，要比一個人苦思好得多。

「對別人的供桌下指導棋。」這句話之所以成立，當然是因為那不甘我的事。唯有保持距離，才能看到整體。叫別人談戀愛不要操之過急，或拋下迷戀，很會給予忠告的人，難道都是愛情達人嗎？絕非如此。所以每個人都需要顧問，在煩惱該不該辭掉喜歡的工作時，面試回來後描繪新的可能性時，心臟狂跳不已地練習重要簡報時，一起住在我們家的顧問都會陪我一起摸索，明快地指引我道路。雖然顧問的個性很容易激動，所以偶爾會一個人跑出去，但固執的我也不是省油的燈，也有很多不聽從意見的時候。

其實最令人感到踏實的，莫過於在任何情況下，這位顧問都對我展現出信任，相信我有充分的能力、具有誠實的品性，而且會竭盡全力精進自己。這種信任，即便是在我的自尊感很罕見地萎靡時也屹立不搖，因此給了我持續下去的力量。反過來想，我對同居人也具有這種信賴。因為，雖然說好要一起寫書，但我相信已經出了四本書的金荷娜作家會做得比我更好。

她說顧問諮商費用會特別給我同居人的打折價，一次五百，但我覺得，怎麼說也得再加個一千。

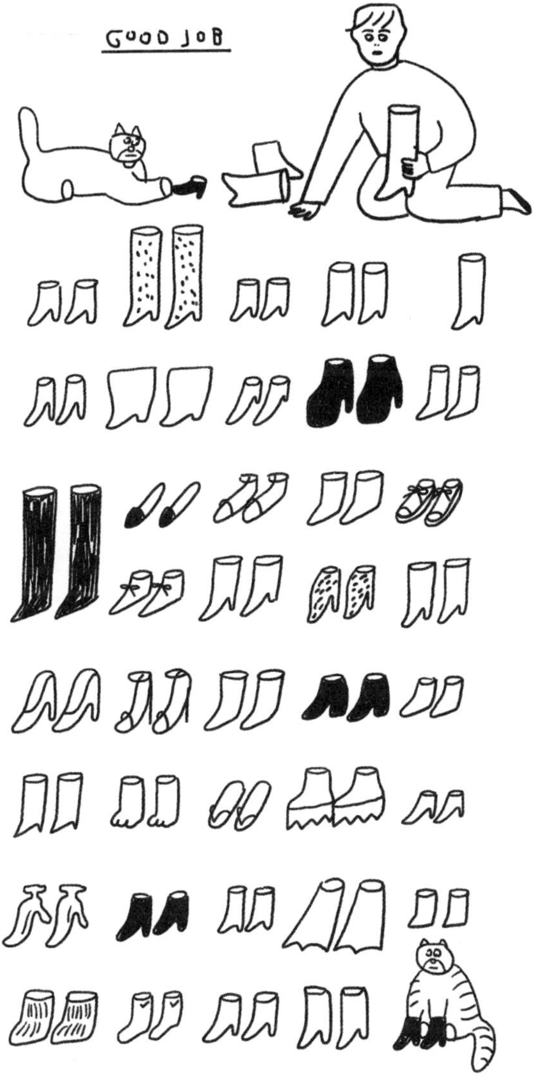
GOOD JOB

我們活在不同的世界

金

「這什麼聲音？」

「有聲音嗎？」

「有嘰嘰嘰嘰的聲音，很大聲耶。」

「是喔？我完全沒聽到耶。」

原來聲音的震源是打開後沒有調對頻率的廣播。關掉廣播後，黃善宇說，之前健檢時，我的聽力是一百，她是八十。那時我恍然大悟，我們都先入為主以為每個人都是用客觀角度感知世界，即便感受的情緒是主觀、不同的，感覺本身也是相同的，然而並非如此，每個人的世界都不同。我算是視力極好的人，黃善宇則有五百五十度的近視，如果不戴眼鏡，距離一公尺的我的臉就會很模糊，就算戴了隱形眼鏡，視力也比我差。我經常會看著噴濺到鏡子上的水漬或桌面汙漬想，「為什麼看到這個還不擦掉？」但那是因為她看不到，雖然在我眼中如此明顯。

這讓我想起以前的種種插曲。去年二月底，我們和好友去統營玩，雖然當時寒風刺骨，但緊鄰南海岸的統營仍比首爾溫暖許多。

一行人走著走著，我突然大喊：「哇～有花香！」

朋友們東張西望，納悶地說：「有花香？」但怎樣都看不到哪裡有花。我邊說：「是我的錯覺嗎？」邊抬起頭，只見頭頂高處有一棵小小的梅樹，綻放出雪白耀眼的花苞。是那棵小樹飄落的清幽花香，喚住了走在路上的我。朋友們紛紛驚嘆，說我有一個了不起的狗鼻子。

對於味道也是如此。我非常討厭挑食，也認為自己對味覺與嗅覺一知半解，但當我東西吃到一半，不經意說出「好像有無花果之類的味道」時，做菜的人就會吃驚地說：「我真的有放了一點耶！」綜合起來真令人吃驚，我原來是個眼、鼻、口、耳都很敏感的人。

睡覺時，如果貓咪在抓撓門板，我就會驚醒，所以一定要戴耳塞睡覺。我的天啊，我好像是會搞得同住的人抓狂的類型，全身上下各種天線都很發達，連對方沒察覺的事情也會出現反應：「可以把聲音關小聲一點嗎？」「怎麼有奇怪的味道？」「那個沾在天花板上的汙漬是什麼？」試著想像和會動不動就說這種話的人住在一起，呃，太可怕了。日本小說家渡邊淳一寫過一本書叫作《鈍感力》，所謂鈍感力，就是不要對所有情況太過敏感，睜一隻眼、閉一隻眼的能力。在我看來，同住的人是鈍感力強的人比較好。我雖也想培養鈍感力，無奈天不從人願。

在廣播發出嘰嘰聲而使我蟠然醒悟前，超過四十個年頭，我都不知道自己是個敏感的人。有一天，桌上的書堆中放了一本《名為敏感的武器》，是同居人為了理解生平第一次與人近距離生活又很敏感的我所買的。那本書的內容令我心有戚戚焉，我在主持的Podcast上也介紹過。

和某人住在一起後，好像更瞭解自己了，因為我與對方的不同變得更加鮮明，經常形成對比。帶著興致盎然的想法去看待不同之處，觀看我和對方的原來面貌是很重要的。瞭解我自己之後，理解同居人的幅度也變寬了，因為明白了我們對世界的知覺並非一模一樣，從一開始，妳和我的世界就不同，因此，清理水漬和汙漬，也只能由我包辦了，哼。

用金錢購買家庭的和平

「晾乾的衣物到底打算什麼時候才要摺？每次只抽走一件內衣、一條毛巾，晾衣架什麼時候才能收？」

兩個女人住在一起後，維持分擔家事的和平，以我離職為基準點開始傾斜。三更半夜回到家，皮包一丟就直接攤倒在沙發，接著不停滑手機，最後才拖著身子去洗澡的模式維持了好幾個禮拜。平時以料理來挽救不足的整理和清掃股份的我，過起在新公司吃三餐兼加班的生活後，買菜開伙的念頭直到週末都沒有復甦。一個人時，就算懶惰層層堆疊，反正在外頭也看不出來，但違反紀律的團體生活，對成員彼此都造成了壓力。少了一個幫手，金荷娜要負擔更多責任，會大吼爆發也情有可原。雖然親眼看到火山爆發，我偷偷心想：「家裡那麼大，就不能把晾衣架攤開來嗎？按順序一件件穿上，等有新洗好的衣物再晾，一點都不麻煩，很方便啊……」但這得保密就是了。

我曾看過一篇報導，引用了女性政策研究員調查雙薪家庭平均家事勞動時間的資料，男性為一天十九分鐘，女性比男性多出兩小時十四分鐘。竟然只有十九分鐘，躺在沙發上滾一下黏膠滾輪，把別人做好的飯吃完、飯碗泡進水裡，再洗個澡，把衣服放進洗衣桶，這些零零碎碎的時間加起來好像就已經十九分鐘了。同樣是在社會上貢獻己力的人，回到雙薪家庭裡，女人的服務對象仍是男人。

假如世界上有下班後，家裡打掃得乾乾淨淨，飯已經做好，隔天要穿的襯衫熨燙平整，廁所衛生紙用完前就已經補上，根本用不著費心的人生，我還真想立刻走進去住。但另一方面，之所以對這種人生產生排斥感，是因為我認為遠離家務的成年人是有缺陷的。管理自己生活的勞動，能使一個人變得完整。

「只要能讓妳的心情輕鬆一點，無論多少錢，花下去都沒關係。」爸爸偶爾會說，只要是用錢能解決的就去做，這次我也花錢找到了解決之道。我下載家事小幫手服務ＡＰＰ，申請了登門清掃的服務。把維持日常生活的基本勞動交付他人，並在一旁默默看著，沒想到比想像中更不自在。第一週，因為實在忍受不了那種尷尬，還和阿姨一起打掃了。現在，當家事小幫手上門時，我會告知這個禮拜特別要注意的部分後就外出。儘管依然無法對「委託他人打理生活」這件事感到理直氣壯，但開始依賴那種舒適安逸感後，甜蜜的快樂便隨之而來。外出回來時，發現地板散發光澤，晾乾的衣物也整齊疊好，總會精神為之一振，並對此上癮。

「家事就交給我們，請專心去做自己喜愛的事吧。」這是家事小幫手ＡＰＰ的文案。無論男女，如果都只顧著做自己喜歡的事，就應該對某人的家事勞動懷有罪惡感與感激，無論做的人是妻子、母親或同居人。

家事小幫手上門的四個小時，我會到外頭看書、見朋友與喝酒。一次四萬五千元，一個月十八萬元，以只要逛一次街就會隨即消失的金額，我替平日身心俱疲的自己買到了些許從容與享受，也買到了家庭和平與同居人的良好關係。

這個故事還有一個反轉小插曲。某一天，我比預定時間提早回家，卻發現原本約好要工作四小時的幫傭阿姨，才過三小時多一點就不見人影。在群組聊天室傳達這個情況後，一位朋友說：「大概因為是兩個年輕女人住的房子，大概覺得妳們好欺負。」

說不定我們是被歸類在「稱不上年輕，但也沒結婚生子」的類別了吧。畢竟一個星期才麻煩人家四小時，我不想讓對方有被監視的感覺，所以準備了水果或涼水，還特地出門去，方便阿姨做事，結果卻被當成好欺負嗎？對此我有些自責。無論是一個人或兩個人，世界對待沒有結婚的女人，似乎都是這樣。

內人與外子

金

金歐澈與鄭日永夫婦倆，「內人」是丈夫鄭日永，「外子」是太太金歐澈。因為從兩人認識至今，金歐澈都在公司上班，一直是出門在外的人，而鄭日永則長期攻讀碩博士學位，在家的時間更多。鄭日永打點家裡，有時會扮演做便當的「內人」角色，把傳統男主外、女主內的性別角色反過來稱呼，非常有趣。

和阿哲君夫婦聊天時，想了一下我們家的內人與外子，我很理所當然是內人，而黃善宇是外子。因為我是自由工作者，在家工作的時候多，黃善宇是勤奮地在公司上班二十年的職場人士。這天之後，我們經常開玩笑：「我們家內人有沒有好好待在家？」「外子今天也慢走！」直到某一天，黃善宇不由自主地拉抬自己的地位，說出「當家的今天也要出門啦」，導致「外子」莫名比「內人」的地位稍微高了一點。為什麼內人就不能是當家的，只有外子可以呢？

問題在於身為內人的我，工作是在家做，就算不是在玩，也會莫名有種「家事是我的責任」的壓迫感。因為一直待在家，就變成垃圾是我倒、貓咪廁所是我清、吸塵器是我用、碗是我洗、衣服也是我摺……奇怪，家事始終看不到盡頭，只要在家就會一直看到要做的事，自然而然的，我就變成做家事的人。

同居人回到窗明几淨的家裡，皮包隨處一丟，和我聊聊天，再滑個 Twitter 就進房睡覺了。到隔天早上，同居人洗完澡、吹乾頭髮，一切準備就緒出門上班後，我則開始整理同居人的皮包、清理掉落的髮絲，順便用吸塵器吸地板、清洗貓砂盆、收垃圾……經常變成這樣。同居初期，我因為這些承受了很大的壓力，假如家事的範圍是從浴缸出水孔到鞋櫃灰塵，根本永無止境，會比想像要投入更多時間。同居人是完全不會察覺這種細節的人，加上所謂的家事，最好的結果也就是「維持與平時無異的模樣」，所以就算認真做也看不出來，但只要稍微放手不做，立刻一覽無遺。

再說，同居人是「會在自己的動線留下線索的類型」，就像韓賽爾與格蕾特用麵包屑標示走過的路，或前往高麗葬[15]的奶奶折斷樹枝，告訴兒子來時路般，我在同居人離開家後，也能一路掌握她的動線：啊，今天黃善宇在這裡吃了藥啊。（撕開的藥袋放在置物架上，明明垃圾桶就在下方。）↓黃善宇戴了隱形眼鏡啊。（日拋式隱形眼鏡的包裝放在洗手檯上，明明旁邊三十公分就有垃圾桶。）↓嗯，黃善宇用了剪刀啊。（有剪東西的痕跡，剪刀嘴張得開開的，放在桌面中央。）↓黃善宇挑了要讀的書啊。（整齊擺好的書堆散開來，有幾本掉在地上。）

那麼，我又是什麼類型呢？是工作前會先整理周邊環境的人。我跟著同居人的動線一路整理、做家事，加上有種莫名想要讓廚房維持閃閃發亮的野心，還沒開始我的工作前，就已經累得像條狗。身為家庭小精靈又是內人的多比就是無法撒手不管，這才是問題。

假設當家是出門賺錢回來的人，而內人是用那些錢管理日常起居的人也就罷了，但我們兩人在生活費的帳戶裡存入相同的金額，用完再放入同等的金額使用，分毫不差地各負擔一半，所以這種生活方式並不平等。儘管如此，假如真

15 古代將年老體衰的活人放進墓穴，待其死後再進行葬禮的一種風俗。

如當家說的「放著不管」，有四隻貓的家裡瞬間就會變得滿目瘡痍。

相較於不以為意的當家，內人還是覺得壓力很大。解決方法有兩個，第一，我開始到外頭工作，找適合的咖啡廳，在那裡上下班。不做家事的方法，就是不要待在家裡！第二是金錢。我承包許多家事的那一週可以要求家事費用，外子會二話不說地轉帳給我。我的壓力變成「可以收錢的工作」後，頓時柳暗花明又一村，果然還是需要明確的獎勵啊！

最近當家以家事獎勵為由，週末開始請家事小幫手來家裡打掃。平時黃善宇一貫的主張是「只要能用錢解決，都不是什麼大問題」，所以家事分配不均的問題也先做個實驗，看投資金錢是否能解決。家事小幫手第一次上班那天，看到一個年紀比自己年長許多的人在做我們家的家事，我在一旁跟著做也不是，不做又很尷尬，就跑去阿哲君家裡躲了一下。

黃善宇說自己沒關係，要待在家裡，最後還是不敵那種尷尬，和小幫手一起打掃了。哈哈，真是太痛快了，光是當家自發性的叫來小幫手，努力想配合家事分配不均的問題，我就已經徹底釋懷，再加上走進小幫手來過的乾淨家中，對身為內人兼家庭小精靈多比的我來說，無疑是一份天大的禮物。

好了，每一戶的眾當家——撒錢吧！

酒國女英雄

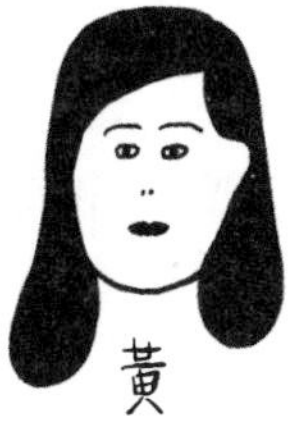

黃

對單身人士而言，決定生活品質的條件是食衣住行，接著就是住附近的朋友。好比下班後覺得直接回家很可惜，又不想繼續和同事待在一起時，可以毫無負擔地詢問要不要一起吃個飯的朋友；以素顏加運動服在家裡滾來滾去，只要罩上一件外衣就可以出門喝一杯，然後瀟灑道別的朋友；一句話都沒說，彷彿舌頭要黏在上顎般的週末，可以在附近電影院看場電影、一起討論感想的朋友；在自行車租借站碰面，一起騎個自行車，慢慢繞公園一圈再回來的朋友。在徒步十五分鐘的生活圈內有這樣的朋友時，生活就會變得更加可親。

但這種朋友不是想要就會有，也不能靠相親找，用約會APP推薦近距離的邂逅對象，對於找這種朋友也一點幫助都沒有。就算碰巧彼此的居住地很近，但不知道彼此酒量如何，有多能忍受寂寞，什麼時候會需要他人，會不會把交往對象看得比朋友更重要，加班頻率多頻繁……各種變數都吻合的情況並不常見，所以據說這種社區朋友就像「獨角獸」般，是幻想中的動物。不過，我們家就住了獨角獸。

如果很合拍的朋友就住同一區，就能毫無壓力地見面，那朋友直接同住一個家，壓力等於縮小到零。好比社區內有個要好的朋友，彼此家的距離是零公尺。有想看的電影上映時，也不必擔心詢問對方後會遭拒，直接當面問就行了，還可以坐在沙發上一起用網路電視看，興致勃勃地大聊特聊。

不過也有缺點，因為只要回到家就隨時有個好酒伴，喝酒次數也跟著加倍了。對於喜好杯中物的人來說，想喝酒的情況通常有兩種，因為很累，不然就是心情很好。現在喝酒次數增加為兩倍：我想喝時，以及同居人想喝時。

我們搬家那天，就像安妮．法迪曼（Anne Fadiman）的著作《讓書房結婚》般，在書房進行了將彼此的藏書合併的龐大工程，並將兩人的數十瓶酒款收藏集中在客廳裡。書與酒的不同之處，在於我們毫不留戀地將重複的書拿到二手書店賣或分給好友，酒就不需要讓給他人，原封不動地讓它們重複。

繼Tanqueray、Hendrick's Gin、Monkey 47、BOMBAY SAPPHIRE之後，琴通寧可依照種類調出多款調酒，繽紛多彩的單一麥芽威士忌也按產地大集合，Valentine、格蘭菲迪威士忌或麥卡倫也照年份排成一列。原本不怎麼喜愛干邑白蘭地的我，在品嘗了同居人的軒尼詩和卡慕XO後，因有別於威士忌的香氣與味道而大開了眼界。當然啦，不可能經常喝這種烈酒，所以每日的紅酒和啤酒要另外備齊，以免喝光庫存。很懂流行文化的同居人母親來我們家，撞見這壯觀的酒款收藏後，忍不住喝斥：「妳們真是『酒國女英雄』啊！」

不知何時開始，再也沒有我能自稱是老主顧的酒吧了。一個人住時，有時連約附近的朋友都嫌麻煩，還存著好幾個會熱情款待我的場所呢，包括朋友經營的酒館，能與在那裡工作很久、常打照面的調酒師聊天，以及和其他認識的常客相遇的溫暖空間。這些空間雖然不是人類，但確實為我扮演了朋友的角色。經歷那種時期後，如今最棒的酒吧是我們家的客廳。最要好的酒友與我是老闆，也是依照喜好選曲的ＤＪ，還能料理出恰好符合口味的下酒菜送上桌。

有一次兩人喝開了，酒不夠喝，為了要不要出去買而傷腦筋。同居人斬釘截鐵地大喊：「妳在說什麼啊！已經解開的內衣，就不能再穿回去！」我把這件事寫在社群網站上，結果平時擁有數十瓶紅酒的阿哲白星夫妻，很爽快地說要把酒送來，還穿著內衣的我，迅速出去迎接社區好友的美意，那天的酒席也以Happy Ending收尾。就因為這樣，才都沒有機會走出家門。

我們的晚年計畫：直奔夏威夷

金

我們是首爾人還是釜山人呢？兩人都是在大學時來到首爾，如今相較於住在釜山的時間，住在首爾更久。兩人在家對話時，會以約莫七比三的比例使用首爾話和釜山話。兩人剛來首都首爾時，都感到無比興奮與幸福。「啊～果然還是首爾好啊。」我們對只有在首爾才能享受的眾多事情感到興奮，也一直勤快地享受這一切，但不知從何時開始，透不過氣的感覺日漸強烈。有某樣東西無法在首爾獲得，那就是大海。一望無際、涼爽無比的水平線，絕非漢江所能取代。

無論冬夏，我們都會到釜山住個幾天再回來。一見到釜山的大海，就會忍不住感嘆：「啊～果然還是釜山好啊。」因首爾的殘酷天氣、無法以漢江解決滯悶感而疲乏時，前往夏涼冬暖的釜山休假，成為我們的重要活動。

「老了之後，該回釜山住嗎？」

「我正想說這句。」

「在釜山要靠什麼生活？」

「在海邊開酒館就行啦。」

「到時體力應該不行了吧，怎麼辦？」

「僱用身強力壯的年輕人就行啦，不然就是一個禮拜只營業三天。」

看著大海，我們會自然而然地說出這種對話，天馬行空地描繪晚年生活。

一起喝酒時，我們會放音樂，因為我們都非常熱愛音樂。我也算是聽不少音樂的人，但完全無法在黃善宇面前說嘴。黃善宇聽音樂的範圍非常廣，從流行音樂、搖滾、爵士到古典音樂都如數家珍。而我們最合拍的部分在於，會引起喝酒興致的音樂品味很相似，還有因為生日只差了半年，大約幾歲時初次聽到什麼音樂的時間軸幾乎一模一樣，所以播放音樂時就會一搭一唱。「啊，這首歌！」「如果喜歡這首，就一定會喜歡這個！」「哇，我以前也喜歡這個！」當一人播放音樂後，中途對方就會說：「聽到這個，我想到了一首歌！」彼此都急著想給對方聽音樂，最後兩人乾脆各自連結藍芽喇叭，輪流當起DJ。音樂就是下酒菜，也不是什麼需要認真聆聽的曲目，而是能邊聽邊輕輕搖擺的選曲。就連出現稍微帶點輕浮感的曲子時，兩人還會更加起勁。嘴上說著「雖然在外面說喜歡這首歌會覺得很丟臉，但我還是喜歡……」一邊播放給對方聽的曲子，始終都能獲得「就是這個！」的反應。在我們耳中，我們播放的音樂最讚！三不五時就會嚷嚷：「如果有酒館播這種音樂，真的會很有喝酒的氣氛。」

接著有一天，我提議每天輪流推薦一首歌，累積屬於我們的選曲清單。考慮了好幾個平臺，還是覺得使用我們熟悉的Twitter最好。

「兩天各選一首歌，再加上簡評一起發文。」

同居人問，有時可能碰巧有事，每天更新會不會有困難，但以前曾經每天要連載一個新點子的我說「先試試看，不行就算了」，同時開始敲打鍵盤、設立新帳號。即時決定的帳號為@hawaii_delivery，是當時剛好放在桌面的鑰匙圈字樣（在小公洞的MANCAVE SHOP購買的）。

簡介上寫著「一天上傳一首歌，給二十年後在海邊開張的調酒吧」，兩人都很爽快地同意了，接著花了幾分鐘在網路上搜尋，找到一張用螢光色描繪的椰子樹，上頭寫著「Cocktails」的圖片，掛在大門上。另外也開設了同名Youtube播放清單。這件事何以如此一瀉千里，大概是當時截稿在即。人只要被死線追殺，就會使出渾身解數去做平常不會做的事。

接著，我上傳了第一首曲子，是一九七五年Harold Melvin & The Blue Notes的歌曲〈Hope That We Can Be Together Soon〉。

這一天，也就是從二〇一七年二月二十八日開始，我們幾乎每天都很認真地上傳音樂。假如其中一人太忙碌，也會變更順序，所以並不是剛好用單數與偶數來區分。直到現在，帳號管理者是誰依舊是個祕密。Hawaii Delivery的清單並沒有完全反映出我們的喜好，太過費解、太過安靜、太過嘈雜的曲子都被排除在外，只挑選能輕輕擺動身體、適合傍海酒館的曲目。一天上傳一首歌，比想像中發揮了更多元的效果。聆聽彼此挑選的歌曲，對彼此的理解也多了一些，透過共享音樂播放清單，即便置身其他場所，也能累積相似的時光脈絡，就像一天有一首歌的對話。

二〇一九年一月二十七日的現在，Hawaii Delivery這個帳號追蹤者有七千零六十三名，累積了六百六十七首歌曲，粉絲算是不少。在打掃家裡、開車或小酌時，把Hawaii Delivery的音樂清單拿來當背景音樂，就能發揮它真正的價值。希望閱讀這篇文章的各位，也能在Youtube上搜尋「Hawaii Delivery」並做個實驗，許多曲子都會令人聯想起不知位於何處的海邊。

不久前，我們Hawaii Delivery二人組去了夏威夷旅行，也把那個鑰匙圈帶去拍了紀念照。每天選一首曲子添加清單時，就會試著想像將來可能會位於釜山或某處海邊、那間讓人興致盎然的酒館。在首爾的日常中，穿插了約莫一首歌的大海。

大家不都這麼說嗎？每當具體描繪未來時，就又朝那個未來走近一步，也許，這也算是我們的晚年計畫。當大家以年金保險、不動產、培育子女等各自的方法為晚年做準備時，我們則是每天累積一首歌，試著描繪晚年光景。無論那間酒館是不是真的會開張，每天愉快地享受描繪那個地方的過程，就已經是筆回本生意。

望遠運動俱樂部

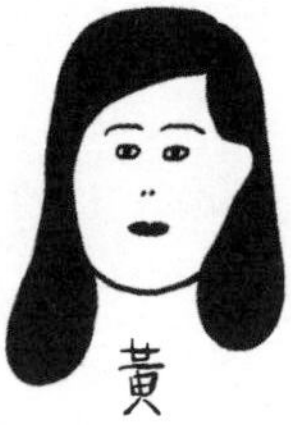

同居人與我有好幾個共同喜愛的對象，只要沉迷什麼，就會迫不及待地告訴彼此。在這些對象之中，最近則是一本《優雅豪爽的女子足球》的書。身為足球迷的作者金琿妃不僅觀賞比賽，甚至親自加入業餘女子足球隊，把在球場上奔跑、翻滾、射門的血淚史寫成一本散文。同居人先讀完這本書後，我也無可避免地陷入狂熱，有好一段時間，我們完全沉迷其中，逢人就極力推薦這本書。各種年齡層、職業、性格與角色的女性為喜愛的運動痴狂，一起接受訓練、彼此競爭，也經歷了獲勝與失敗的滋味，但仍想再次求勝的樣貌，這種間接經驗實在非常振奮人心。

雖然最近氛圍似乎有所改變，但在我的時代，非菁英體育選手的平凡女性，大多度過了與運動很疏遠的成長期。其他領域因早期教育與才能開發而蓬勃，唯獨體育被視為只要不會不及格就好的多餘科目。小學時，運動場大都被男生占據，在家庭和學校中，不會被鼓勵享受跑跑跳跳的樂趣，反而要一再確認、擔憂行為舉止是否「像個女生」。中小學時，除了追求考試分數的體力測試，很少有機會能用有趣的方式上運動教育，讓我們持續享受其樂趣。

直到現在，我都強烈地疑惑，為什麼普遍讓女學生玩的團體體育活動都是躲避球？不僅整場比賽要戰戰兢兢地擔心被球打中，躲避過程中被打到，就必須到線外的規則也很沒勁。除了這種賦予對球的莫名恐懼、到社會上也用不到的遊戲，應該還有其他可以認真進行的活動才是啊，好比足球或籃球。成為團隊的一員、一起流汗、達成目標的點滴經驗，對女生來說更加必要。

情勢如此，女性多半是在成人後，才自行摸索對運動的興趣。我也是在跌跌撞撞的二十多歲將體育束之高閣，浪費大好光陰，直到三十出頭才開始運動。

後來扭到肩膀、動彈不得，去看整形外科，結果被醫生診斷出有旋轉肌腱發炎與部分破裂。醫生用天底下最漠然的態度傳達一個具衝擊性的事實——現在已經慢慢到了開始老化和退化的年紀。

當年說到老化，我只知道皮膚老化耶！當天醫生的診斷是，唯有肌肉結實，關節才不會經常受傷，於是我像服用藥物與打針般，開始接受復健的重訓。經過大約十年後的現在，我領悟到，假如當時沒有跌到谷底再爬起來，我就會像溫水煮青蛙般慢慢被煮熟。雖然時間點很晚，但我仍慶幸自己明白了鍛鍊身體的必要性，以及使用身體的樂趣。現在我認為儲存肌肉是與金錢同等重要的養老準備，最重要的是，為了享受運動帶來的快樂，是值得與偷懶較量一下的，不是嗎？

獨身力達到巔峰的三十多歲，因為運動也可以一個人做，所以我很喜歡。比如和教練約好一對一、獨自使用器材的重訓，或只要綁好運動鞋的鞋帶就能隨時出去跑步，既不用互相配合時間，也不用考慮別人方便與否，又能追求效率的運動。後來，是網球讓我體會到「承受與他人一起運動的不便」所帶來的樂趣。和某人一來一往地打球、接球、連續對打的趣味，不僅無法獨自辦到，無法和任何AI分享，也唯有他人移動四肢的身體，才能帶來這種暢快感。

雖然不像金琿妃的足球俱樂部這麼認真，不過我們也有一群好友，用比較慵懶鬆散的方式一起運動。「望遠運動俱樂部」是簡稱為「望運部」的團體，核心人物是同居人。有別於走忍者路線，認為一個人快速做完比較方便的我，金荷娜具有就算再麻煩，也喜歡和大家一起做的隊長特質。我和金荷娜第一次深入聊天，也是在參加以她為中心的聚會「Catchballweekly」時。那是個在景福宮附近散步、丟球的聚會，而望運部的成員，多數是住同一帶的朋友，和金荷娜在西村時期長期延續下來的輕鬆學術聚會「淺知識」成員也重疊（現在已進階為到處吃美食的「淺美食」）。

老實說，大家都是沒事就會聚在一起玩的朋友，不過搬到望遠洞後，總覺得應該要善用地區公共設施，才開始做課外活動。一起前往只要走兩步就能抵達的麻浦區體育中心打保齡球，在體育中心旁租自行車去兜風，或在距離不遠的望遠漢江公園游泳池游泳，都是望運部的代表活動。

熟面孔、笑話不斷的模式，加上身體活動，開懷大笑的機率也增加許多。雖然大家都是外行，很生疏笨拙，但會互相教導彼此自己比較擅長的一些技巧，所以游泳聚會中有人學習翻轉，有人學習自由式換氣，有人則是學潛泳。最常搞砸望運部氣氛的人就是我，因為好勝心強，所以雖然純屬休閒，也會因保齡球的成績不佳而悶悶不樂。

動不動就對某件事狂熱的同居人，在傳授給我的技術與知識中，最感激且實用的就是游泳。十二月初搬家後，金荷娜得知除了家前面的運動中心，距離十五分鐘處還有公共游泳池，隨即報名了初級游泳課程。在冷得要命的二月初，竟然要入水游泳，還是只有一大早才開課的初級班。每次碰到可能超出能力範圍的情況時，總會不忘問上一句「為啥要做這件事？」的金荷娜，破例接受這個辛苦的挑戰，連續十個月沒有間斷。

有一段時間，這個游泳新手在家時也活得像在水中，三不五時就用Youtube搜尋各種游泳教學影片，在游泳池時，則因灌入鼻腔的水而吃足苦頭，還為了隔天的游泳課而節制飲酒，表現出成熟的面貌，甚至穿著睡衣倚靠著客廳牆面，或趴在長椅上踢水、練習姿勢。我替這樣的同居人取了「望遠洞蝌蚪」的綽號。經過持續不懈的幾個月，望遠洞蝌蚪搖身變成蛙式、自由式和仰式都難不倒，甚至連蝶式都稍有涉獵的青蛙。不僅如此，她也開始教導包括我在內的身邊好友。

總是走獨來獨往的忍者路線，具有模範生氣質，隨時戰戰兢兢地想著自己還能完成什麼的我，又在同居人身上發現一個神奇之處，那就是會發自內心地為某人的進步高興，具有奉獻自己、幫助他人的特質。可能是身上流著分別為國文與歷史老師出身的父母的血液，她不僅有心，教別人時也很有要領，教得很好。去年春天，我們和三個朋友一起去泰國華欣旅行。會游泳的有三個，占了一半，但在附游泳池的飯店住了三晚後，比例達到了百分之百！就連因為兒時經驗而怕水，把臉浸在水中都會恐懼的朋友，在旅行最後一天都能在寬廣的度假村泳池游泳時，一種無名的驕傲與感動油然而生。

蘇利tol老師！我們把海倫凱勒的老師蘇利文的名字加上金荷娜的綽號「tol」，替她取了新稱號。旅行回來後的一個月恰好是教師節，當時學習游泳的朋友們因此獻上了一束康乃馨與一封信——「謝謝蘇利tol老師。」

在運動方面，被我當成楷模的不是充斥Instagram、有魔鬼身材的教練，也不是什麼職業運動選手，而是金荷娜的母親。

「妳們知道老了之後，自信心是打哪來嗎？就是體力。」金荷娜的母親身型嬌小，過去總是體弱多病、臥病在床，但四十歲後開始做瑜珈和游泳，直到現在才能說出這種經驗談。

某次伯母載我們到釜山站，說起四十歲認真學游泳時，第一次潛泳成功的故事：「有個人可以憋氣游到泳道尾端。我覺得那個人很了不起、很帥氣，認為自己絕對做不到，也完全憋不了氣。可是有一天我下定決心，心想就做到不行為止，結果就游到了最後，而且一次都沒有換氣。當下心情真是好得不得了。所以啊，不管是什麼，都不要預設辦不到，先挑戰一次也不錯。」

即便是現在四十歲的我，也尚有非常多沒做過的運動、沒使用過的肌肉。或許其中也有像是潛泳到泳道尾端般，剛開始完全不敢肖想，之後卻能辦到的事。從第一次被宣告「老化」開始，我運動至今大約十年，我希望自己可以做各種嘗試，善用身體，走得更長遠，就像年屆七旬、擁有人生最佳體力的李玉善女士一樣。

雖然獨自前行走得快，但想走得遠，就要結伴同行，才不會無聊乏味。我的下個目標是和望運部好友一起打網球，目前看來，先把金荷娜送去上課，再讓她教導我們，似乎會比較順利。

為家中沒男人而扼腕

金

二〇一七年三月十日上午，是宣判彈劾朴槿惠的日子。李貞美憲法法院代理院長進行漫長宣讀時，我們很認真地豎起耳朵聆聽。雖然想必這個國家的國民皆是如此，但我們不得不更留心聆聽的理由另有其他——因為水柱很大聲地從天花板持續滴在客廳中央。國家碰上了危機，就連家也陷入危機，還有比這更戲劇化的一天嗎？

前一天吃完晚餐後，同居人和我

還喝了一杯，直到很晚才回家。打開玄關門一看，差點沒嚇得魂飛魄散。客廳地板濕成一片，水不斷從天花板傾瀉而下。我們趕緊拿毛巾擦拭，跑到樓上去按門鈴。樓上的中年夫婦聽完說，自家沒有在用鍋爐，也沒有用水，什麼都沒在用，絕對不是他們的問題。樓上的阿姨到樓下察看狀況，拿了大臉盆與抹布幫忙收拾慘況。我們聽著水柱從天花板敲打在金屬臉盆的聲音，整晚睡不著覺。不單是因為聲音，搬來不過三個月，怎會碰到這麼心煩意亂的狀況？心情實在糟透了。

雖然每幾個小時就得倒一次臉盆的水，但水流絲毫沒有乾涸的跡象，持續滿出來。加上天花板的壁紙吸水膨脹再滴落的積水，含有剛塗上去沒多久的壁紙黏膠，水變得白白稠稠的，因為天花板與地面之間的落差，水噴濺得到處都是，在門和家具上留下汙漬，簡直快把我們逼瘋了。

「朴槿惠總統遭到罷免。」

李貞美憲法法院代理院長宣讀時說了好幾次的「然而」，令全國人民提心吊膽，股市曲線也動盪不安。聽到最後一句話，原本揪緊整顆心的我們忍不住起了雞皮疙瘩。邪不勝正，如今能終結那貪欲、無能與腐敗的時代了！然而我們家的危機根本原因是什麼，又該如何終結？我們沒有半點頭緒。

很快就到了和抓漏師傅約好的時間，我們來到樓上。兩位抓漏師傅已經抵達，按了門鈴卻沒人應門。我打了通電話給樓上的阿姨，她說：「哎呀，大叔不在嗎？妳等一下，我聯繫看看。」接著說大叔很快就到。我們等了好一會，大叔才慢悠悠地現身。抓漏師傅表示，這筆費用是要由樓上的負擔，必須確認付款才能進去作業。大叔卻不斷顧左右而言他，拖延時間。他說自己以前是這棟大樓主委，有認識的師傅，莫名其妙地四處打電話，還大聲嚷嚷：「那個～現在漏水了啦，但不是我們的錯～」聽了就滿肚子火。

在這段時間，水柱依然在我們家無情地傾瀉。大叔磨蹭了好一會，才請兩位師傅進行作業。他們打開機器，開始偵測漏水處，檢查了幾個懷疑的地方後，機器所指之處，恰好是樓上流理臺的正下方。把護壁板拆下一看，發現裡面淹水了。原來是樓上的不小心動到流理臺下方的閥門，水才會簌簌往下流，滲透到地板，流向我們家的天花板，匯積在壁紙之間，最後整個大爆發，變成壁紙膠水傾瀉而下。

意識到漏水原因出在自家，大叔的態度隨即有了一百八十度的轉變，開始胡扯一些有的沒的：「呵呵呵！哎呀，居然還有這種事～我都活到這把歲數了，真是⋯⋯那個怎麼會開著？哎喲，真是抱歉啊。不愧是抓漏的專業師傅！機器神準得跟什麼一樣～哇，最近的技術真是神奇！果然專業。哎喲，閥門怎麼會開著咧？師傅，麻煩您把它好～好封牢！讓它不會再被打開！哎喲，真是的……」

閥門先鎖住了，現在只能等積水全部流光，所以又多流了幾天。抓出漏水處後，隔天樓上的夫婦來我們家，大叔一進門就大喊：「哎喲，真對不起，我們啊，會全部幫妳們完美地恢復原狀！妳們才剛搬來，一定傷心死了，對不起。幸好啊，我們有買保險，保險公司會進行調查和理賠，請妳們把它修理到滴水不漏。我們也有像妳們一樣的女兒，也是因為想到了住在外頭的女兒才這樣的。」相信保險會理賠的大叔說著大話，彷彿自己是個好人，才大發善心似的。

保險調查員來估了價，因為滴水處的地板已經膨脹破裂，想要更換地板，保險公司和簽約廠商會看情況移走家具，替我們施工。這時大叔開始搞怪了，說要找自己認識的廠商，不斷拖延時間，又說當初興建這棟大樓時，事先把地板保管在地下室，要用那個來替我們維修。也就是說，地板被收藏在地下室長達十三年的意思。超級傻眼。大叔甚至還打電話給同居人，說自己最多只能支付多少金額，多出來的絕對不會給，那金額還不到保險公司估價的六成。

畢竟是住樓上的鄰居，人家也不是有意如此，沒必要鬧到面紅耳赤，所以就把所有天花板拆除，安靜地等了好幾個月，等到的卻是被反咬一口。聽完那通話內容，我的腦袋終於炸開，立刻打電話過去大吼。我一直都很自豪，雖然平時說話語氣都算文雅，但如果用腹式呼吸爆發，就可以發出媲美帕華洛帝般的音量。大叔推說自己沒有責任，中途還掛我電話，居然有這種瘋子！

後來才知道，大叔以為保險公司會理賠全部，才如此大言不慚，得知有自負額後，就態度驟變。自負額也不是多大的數字，卻為了省那點錢而翻臉不認帳。樓上那男的最幼稚卑鄙之處來了，某一天，蓋有首爾西部地方法院印章的存證信函寄到了我們家。相較於一開始彼此約定的修理範圍，上頭說要負責的部分少到誇張，也就是說，他本人親自寫了毫無責任感的內容寄了過來。我們氣到差點腦中風。萬幸的是，同居人早就料到可能會這樣，所以把樓上那男的走進我們家後豪邁大喊「我會把一切，包括地板在內，全部完美地替妳們恢復原狀」全部錄了下來，樓上的運氣真的很背。

我們很冷靜地傳訊息：「這令人無言的存證信函，和我們持有的錄音檔有很大出入呢。」

經過了支離破碎、但不需要全數寫在這裡的過程，樓上的夫婦直到最後都堅持不肯拿出自負額，要我們簽下陰陽合約[16]。雖然沒必要答應他，但如果不答應，就必須打官司，這樣一來，我們就必須保持天花板拆除的狀態，承受各種法律的壓力，再多忍耐好一陣子。同居人被樓上的態度惹到火大，堅持不肯答應這種陰陽合約，但我說，接受這件事，把這筆費用當成稿費吧。也就是說，把這件事與樓上的卑劣行為寫成文章，當成提供素材的費用。所以，我現在才會寫著這篇文章。

假如有人問我們，有沒有因為家裡沒男人而感到扼腕的時刻？我們會說「就那麼一次」，並且告訴對方這件事。假如我們家有比樓上那鼻屎般卑微的傢伙更年輕力壯的男人，他還敢說出要用放在地下室十三年的地板來替我們維修這種話嗎？會提出不到保險公司報價六成的金額嗎？又會寄來宜稱自己毫無責任的存證信函嗎？我絕不這麼認為。當我為了抓漏去樓上，看到牆上貼滿他們和女兒們在世界各地拍的照片時這麼想：

沒有與你們同住的女兒，想必在外頭也過得很辛苦吧，因為世上就是有你們這種人。

16 當事人就同一事項訂立兩份以上內容不相同的合約，一份對內，一份對外，對外的並非雙方真實意思表示，而是為逃避稅收等其他目的所訂立。

望遠洞青蛙本尊，在家也勤奮練習游泳的蝌蚪時期。

「妳們真是『酒國女英雄』啊！」

明明是兩個人住，但我們家主廚基本上都做四人份，有時還直接做到六人份。

把招待完客人、被投下炸彈後的廚房恢復原狀，是家庭小精靈多比最大的喜悅。

望遠運動俱樂部的豐富活動。
比起實力或分數，我們更擅長搞笑
和餘興節目。

ⓒmeltingframe

⁘ 我們的晚年計畫「Hawaii Delivery」，名字就是從這個鑰匙圈而來。⁘ 上完「蘇利tol」老師的課後，怕水的朋友也開始享受游泳樂趣。⁘ 窗外宛如海浪搖曳的懸鈴木，是最初令我為這間房子著迷的風景。

我的主要關係人

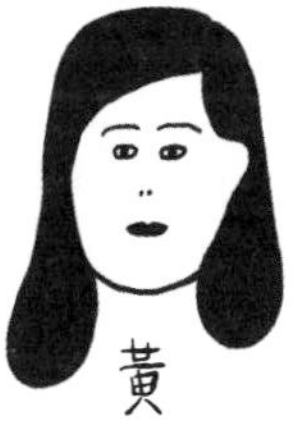

同居人和我都很喜歡小說家鄭世朗。她的小說《五十人》是以京畿道某綜合醫院為背景，每篇都有不同主角登場的五十多個故事，從患者、護理人員到能夠移動屍體的人，窺探了構成整個醫院的人們各自不同的人生。我讀這本小說讀得很開心，還覺得這種龐大的醫院系統與我不相干，更對這個世界感到興致勃勃。人處於健康狀態時，很自然會把健康完全拋在腦後。直到三月的某一天，我躺在醫院五人病房的其中一張床上，俯瞰令人灰頭土臉、霾害瀰漫的都市風景，成了構成龐大綜合醫院的一根小螺絲釘。

各自領到一條手腕帶並戴上的同居人和我，就像去參加搖滾音樂節時經常做的那樣，交叉手腕，盡可能拿出主要關係人與患者最大的活力拍了張照片。病房之所以是完美的坐北朝南，大概也包含了想讓患者住得舒服的考量。病房窗邊的位置確實是如此。我坐在視線甚至可及遠方牛眠山的病床上，看著夜幕以極為緩慢的速度降下，像這樣無所事事，也什麼都不能做，只能發呆度過的時光，不知道已經睽違多久了。

我入院那天，恰好是從任職十三年的公司辭職的兩天後。雖然只是住院四天三夜，再過三週就能看報告的小手術，但上班時完全不敢妄想休這麼長的病假。過去，我不知道在論峴洞辦公室看過多少次夜幕低垂的景色。與醫院空間的陌生風景、陌生的人生速度一樣令我不自在的，是被厚重、粗硬的患者服裹住的我。我已經根據醫院的指示，將飾品和隱形眼鏡全部取下，花花綠綠的美甲也卸掉了。無法化妝，也沒辦法好好梳洗，在病房之間穿梭的患者們，雖然實際上沒什麼共同點，但大家看上去都差不多。

不過幾天前，辦公室裡還有著只有我能勝任的工作、我長期經手的雜誌，有認可我個性與能力的人，還有身為上班族，不敢妄想請一個月病假，用莫名的勤勉逼迫自己的我。可是，暫時卸下構成一個人裡裡外外的一切後，在這個病房，我所擁有的，就只有一張寫有性別、病名與年紀的名牌而已。

「會有點痛，請呼～一下，把氣吐出來。」手術前夕，收到必須灌腸的指示，我很理所當然地認為就像健檢的大腸鏡一樣，喝下把腸子清空的液體，再去廁所蹲就行了。可是，我的天啊！我完全沒想到會是直接將注射器插進肛門、注入灌腸液的方式。果斷、駕輕就熟到麻木的護士毫不猶豫地執行完畢，彷彿在銀行等待輪到自己的順序，接著說出金額，領取要換的貨幣出來般機械化，只不過工作處理的對象不是美金或歐元，而是我的身體。

在解決大事前，約要等待十分鐘讓腸子出現反應，一股淒涼的屈辱感在下腹部咕嚕咕嚕叫著。儘管我也認同，輕微的疾病，加上僅是一年之中暫留於醫院的數千名患者之一，用機械式的態度對待我是理所當然的，但在過程中彷彿自我消失不見的心情，又是另一個問題了。

動完手術後，住院的下半場過得更快了。從麻醉狀態醒來後的疼痛感，以及止痛藥，讓我的意識很模糊，沒辦法打起精神。單純進食、排泄與復原就等於全部的幾天開始了，簡直讓我覺得思考什麼尊嚴還是屈辱，都只是手術前的奢侈。護士一天會測量約三次的血壓與體溫，在輸液插上止痛藥物後，直接公然問你有沒有把氣體排出來。因為先前透過呼吸器進行了全身麻醉，手術後練習以深呼吸打開肺部的步驟很重要。

住院期間從頭到尾都守在我身旁的同居人，買了吸氣後可讓塑膠球浮起來的呼吸練習器給我，讓我反覆咬著。平時的我可是能一口氣抬起並更換桶裝水的人，此刻在藥物麻醉與禁食而體力衰弱的狀態下，要讓那僅有幾克的球飄浮起來，居然吃力到令我啞然失笑。

我也不知道為什麼，食物老是吞不下去，我總是咒罵公司附近的午餐菜色又辣又鹹，幾乎沒有含蛋白質的小菜，沒想到清淡的醫院伙食不僅調味恰到好處，營養也很均衡，如果可以，甚至以後還想花錢到醫院吃。但無論味道如何，我連四分之一都吞不下去。因為必須循序漸進地練習移動身體，我必須掛著點滴走路，可是才在這層樓繞了半圈就氣力耗盡，巴不得能一屁股坐下來。我在跑步ＡＰＰ上記錄的跑步里程可是超過了一千兩百公里耶！我總是食慾奇佳、活力充沛、喜愛運動，對符合我風格的一切感到自豪，因此對身為患者的我感到無比陌生。

神奇的是，在力氣逐漸恢復，終於可以出院的那天，我看著收拾行李準備回家的同居人，回想起幾天前入院的日子。當時同居人正把內衣、盥洗用品、拖鞋等準備物品放進背包，大喊：「雖然地點是醫院，但因為是兩人同行，感覺就像去旅行，差點把自拍棒放進背包裡了！」突然浮現的這個記憶，讓我初次體會一個教訓——如果在動完手術後笑出來，就會牽動腹部的肌肉。

因疼痛而昏迷的手術當天，還有碰到檢查生命跡象的凌晨，淺眠的同居人縮著身子躺在狹窄的簡易床上，比我早一步驚醒，替我準備需要的物品。看著她蜷縮的背影，後來發出了規律打呼的聲音，我還覺得很於心不忍。後來才知道，打呼聲是來自拉簾另一端、隔壁床的大叔。如今這些不便的夜晚所帶來的共同記憶，將成為我們兩人長久的話題。

此外，我無法遺忘完美扮演了看護角色的同居人，在擔任我的主要關係人時施予我的最大恩惠——身旁有個人比誰都明白，努力想讓一顆塑膠球浮起來的我，其實是個完成好幾次半程馬拉松的人，沒有因為止痛藥而發懵時，我是個妙語如珠的人，還有當下把放屁視為最重要任務的我，都不是我的全部。雖然只有四天三夜，但這個事實在我最脆弱無力時，牢牢地抓住了我，避免「我」消失不見，並奮力恢復成原來的自己。

我們是女婿

金

有一次，黃善宇在與母親通話，詢問彼此近況時，我在一旁大喊：「阿姨！嫩蘿蔔葉泡菜太好吃了！」黃善宇連忙遮住話筒，朝我比了個「噓！」的手勢。

雖然她朝著用嘴型詢問「怎麼了？」的我再次發送要我安靜的訊號，但阿姨似乎已經聽到了，只聽同居人說：「喔……荷娜說嫩蘿蔔葉泡菜很好吃。嗯，當然好啊。不了，一點就好，真的只要寄一點就好。

媽，真的只要一點點！」然後掛斷了電話。

「我媽出手太大方了……如果說什麼東西好吃，妳絕對會招架不住。」聽到同居人的話後，我只心想：「嗯，是喔？」

結果隔天一早，隨即收到阿姨傳來「已經寄了嫩蘿蔔葉泡菜」的訊息。我將送達家裡的保麗龍箱子打開來看，才理解為什麼黃善宇要對我做出「噓！」的手勢。箱子內裝滿了能餵飽一大群人的嫩蘿蔔葉泡菜、各種小菜、食材和麵茶等，我們家的冰箱瞬間被塞滿。也不是自家女兒說的，只因為旁邊的我說了一句話，就這麼誠心誠意地大規模供給食品，實在太感激了，同時也對阿姨出眾的能力大開眼界（不過，沒錯，確實是招架不住）。

我爸在海雲臺區松亭海水浴場旁有個小小的寫作室，我們常去那裡玩。回老家拿鑰匙，順便準備要用的毛巾和用品時，也常和父母，甚至哥哥夫妻與姪子一起吃飯。

只要家人齊聚一堂，我父親的酒興就會越來越高漲，家人經常碎念他，但當爸爸勸酒時，黃善宇總會乾脆地接酒喝下，也善於替人斟酒，所以爸爸對黃善宇非常中意，也多次稱讚黃善宇給人的印象很好，為人和善，很喜歡她。

上次因為釜山有演講，只有我一個人回去時，爸爸還語帶遺憾地說：「哎呀……善宇怎麼沒來？」爸爸好像把黃善宇當成了自己的酒友。

我把這件事說給黃善宇聽，她哈哈大笑說：「我……好像有點像女婿。」畢竟是女兒的朋友，所以爸爸也不讓她烤肉，只要把烤好的肉接過來大快朵頤，和爸爸一邊乾杯一邊開玩笑，就可以獲得稱讚，而且還是爸媽買單。

越想就越覺得我們目前的地位簡直是「爽缺」。假如我們各自都結婚，與婆家的長輩同在一個場合，還會那麼自在嗎？感覺女婿是會受到款待，媳婦反而是必須招待別人的角色，況且我們身處的位置要比女婿更舒服自在。「和女兒一起住的朋友」是不需要對彼此的父母盡任何義務、只要接受好意的位置。不必因為我說阿姨寄來的嫩蘿蔔葉泡菜好吃，就煩惱是否該規劃孝道旅行或要替家裡更換家電用品，只要一句：「跟阿姨說很好吃！」就解決了。

我們都很喜歡對方的父母，要是難得見上一面也很開心，並樂於對長輩給予的好意表示感謝。這大概也是因為我沒必要對朋友的父母盡什麼義務，當然了，孝道都是靠自己來。

不久前和媽媽聯繫時，得知媽媽不小心弄斷了眼鏡框。現在同居人任職的公司是很有品味的眼鏡品牌Gentle Monster，公司會免費提供員工固定數量的眼鏡，而同居人就把自己其中一個配額當成禮物送給我媽。將網頁連結傳給媽媽，要她挑選款式時，看到眼鏡的價格比想像中昂貴，媽媽猶豫了許久，不知道能不能收下這麼貴重的東西。我成功以「反正是免費的」說服媽媽後，媽媽挑了一副眼鏡，收到後也拍了張認證照，對此非常感激。假如寄來眼鏡的不是女兒的朋友，而是媳婦，搞不好媽媽也不會猶豫再三，或不會這麼感激。因為媳婦這麼做是屬於本分，但由女兒的朋友來做，則完全是出自好意。

好意，這不就是「初心」嗎？在用慣習、家庭關係、責任與義務壓制之前，對朋友的父母生下喜愛的朋友而萌生的親近之心，想善待和我的孩子同住的朋友的父母之心。對這國家的所有媳婦、女婿、岳父、岳母、公公、婆婆來說，初心大概也是一樣的。

可以原封不動地維持初心，不受任何扭曲，毫不猶豫地收下嫩蘿蔔葉泡菜與肉的我們，似乎才真的是贏家。

人與人的超近距離

黃

同居人和我見到彼此時，有七成以上是穿著睡衣。雖然有時會在外面碰面，也有在家穿外出服的時候，但只要是在家休息，睡覺時間之外也幾乎都穿睡衣。粉紅色條紋、天藍色加上汽車圖案、滑順的靛青色絲綢睡衣……因為我們兩個都很喜歡睡衣，都擁有好幾套。正如同居人在讚頌睡衣的專欄中寫道：「睡衣是為了休息所打造的正裝。」在家時，如果身穿一整套質料好的睡衣，不僅舒適自在，心情也會很愉快。我們會穿著睡衣吃飯、看書和寫作，當然，也有素顏與沒洗頭的日子。一年只在聚會上見一次的人，可能會記住我們穿著華麗、乾淨俐落的模樣，但在每天一起生活的人面前，就只能展現出最邋遢的模樣。

相較於每天去公司上班的我，在家工作的金荷娜穿睡衣的時間更長。有時向早上出門的我揮手時，金荷娜身上穿的那套睡衣，又會在我下班回家時迎接我。體力比我差的同居人，在我看來，長年都過著臥食生活。見到身為Podcast的主持人、擁有華麗作品集的品牌寫手、散發魅力的社會人士那聰慧過人的模樣後，大家可能很難想像，但金荷娜就像是要替在外頭使用的能量充電般，經常在家裡愣愣地滾來滾去。豪飲後的隔天，這個現象會達到巔峰，不是整天見不到人影，穿著睡衣不下床，就是解完酒卻還沒消化完，就又進房躺平。因為住在一起，所以唯有在我面前無法隱藏這種懶散面貌，但同居人有項神奇之處，就是大部分懶洋洋、滾來滾去時，依然書不離手。

在同居人的散文集《放鬆的技術》中，我曾如此撰寫推薦詞：「我總不禁納悶，金荷娜是否把洗碗或觀賞貓咪當成一天的主要工作，穿著睡衣度過一整天，但她的思緒卻去了非常遙遠的地方。」因為在咫尺之遙觀看，會發現他人所不知的怠惰或慵懶，但反過來說，正因如此近距離觀察，所以也會將她每天默默耕耘的模樣看在眼裡。

特別是在接下以書為主題的Podcast主持棒後，同居人為了能與隔週邀請的嘉賓作家對談，幾乎會讀完他們所有的著作。金荷娜也很符合其容易狂熱的個性，碰到有趣好玩的段落時，會很興奮地讀給我聽，遇到很難產生共鳴的文章時，也會為該如何進行對談而苦惱。得知聽眾表示節目很有趣，我明白Podcast主持得好，並不是說話技巧或才氣的問題，而是為了展開一席優質對談做好充分準備。邀請《幾乎正好相反的幸福》的作家NANDA時，同居人仔細讀完整套共十一本的《Acoustic Life》，而且每一頁都貼了無數張便條紙。

有句話是這麼說的：「人生近看是場悲劇，遠觀則是喜劇。」改一下似乎也成立：「人近看很可笑，遠觀很帥氣。」因為無法充分保持距離，所以會目睹彼此沒出息、可笑的一面，但儘管如此，同居人對我來說依然是個帥氣十足的人。因為我就在旁邊看到她對人生的勤奮，近到根本不可能有任何障眼法。

由於往後我使用時間的方式或對待生活的態度，也會被同居人一覽無遺，這樣的自覺約束著我，不能活得太過懶散。為了當作證據，我大言不慚地說今天要寫一篇文章，卻再三拖延，而晚上之所以會坐在客廳的桌子前打開筆電，就是一種緊張的表現，不想在同居人面前顯得太沒出息。

在我敲擊鍵盤的同時，同居人坐在桌子對面的座位，果然還是穿著睡衣，努力畫著連載隨筆要用的插畫。因為鼻炎很嚴重，為了防止鼻水流下來，她將衛生紙捲成長條狀，塞入一邊的鼻孔。今天，我的同居人依然不偏不倚地，處於極為可笑又令人尊敬的位置上。

獨自度過一星期

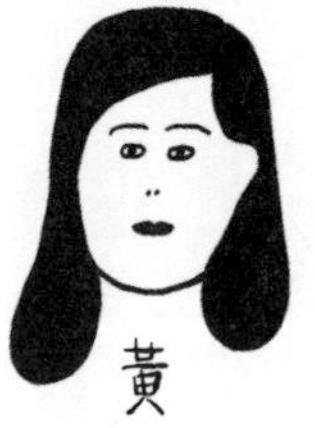

同居人有超過一個禮拜的時間不在家，她受邀到濟州島演講，出差去了，隔週則為了迎接母親七十大壽，要去家族旅行。中間空下來的幾天，她決定在那邊度過。一起住了約十個月，雖然我經常到國外出差、旅行或回故鄉，但反過來變成同居人不在家、只有我一人留守的情況卻是頭一遭。換句話說，我獨自與貓咪們占據了這個兩人同住仍非常寬敞的家。

剛開始，我很努力不要表露出有些興奮的心情，又為這樣的自己感到神奇。雖然同住這段期間不曾因兩人待在一起感到不便，但為了難得有獨自在家的機會而心生悸動，倒有種已婚人士的錯覺。

我的朋友金昇鉉在二十五歲左右結婚，至今已度過超過十五年婚姻生活。幾年前，老公問她想收到什麼生日禮物時，她答道：「別煩我，全部都出去，我想一個人在家。」始終和家人形影不離，尤其是必須照料孩子的已婚女性朋友，想要的禮物不是衣服、皮包或寶石，而是獨處的時間。聽說性格越內向的人，越能從不與他人見面、安靜獨處的時光獲得能量，但家中有小孩又身為家庭主要照顧者的女性，要擁有能夠充電的時間並不容易。即便處於應該是休息空間的家中，也很可能要不停為了家人奔波勞動，無法好好休息。

說起來，一人戶及有家室的人之間的差異越來越兩極化。對於就算只是一個小小的家也能獨自占據，不用與人共享，可以無限自由使用其中的空間與時間的我來說，把「在家獨處的時光」視為禮物般渴求，無疑是超乎想像的事，如今我卻面臨了相似處境。雖然還不到迫切渴望的地步，卻有如收到驚喜般，有了獨處的時光。

下班一回到家，我就打開運動頻道。雖然我們兩個都是「古都」釜山出身，支持同一支隊伍，身邊的朋友也有很多是樂天巨人的球迷，偶爾會一起看比賽喝啤酒，但同居人有個心理陰影。由於父親是個過度激情的棒球迷，在二十多年的影響下，客廳時時傳出棒球轉播聲會讓她很不舒服。因為見過太多贏球就樂不可支，輸球就心情變很差，激動地折磨親朋好友的人，所以我充分能夠理解。相反的，就算我沒有專注看著畫面，也很喜歡打開轉播用聽的，同時也算是能將解說員隨著比賽節奏忽高忽低的音量、觀眾忽大忽小的吶喊當成白噪音來享受的人。獨自在家的第一個晚上，我把我們隊伍的比賽轉播從頭到尾看完後，又看其他隊伍的比賽，另一場也結束後，我甚至播放了棒球新聞與精采片段，用轉播來暴飲暴食。少了一人的空缺，由久違的電視聲填滿。

中秋連假即將到來，所以那一週行程滿檔。同居人不在時，我雖然也可以約其他朋友，但一整天忙著採訪或打電話，回家後已經累得像條狗，完全沒有見誰的心情。由於從事口水必須講到乾的職業，回家後完全不必和人說話，讓我迎來久違的輕鬆心情。一個人坐在電視前隨便吃點晚餐，照料貓咪的進食與如廁狀況，接著再簡單清掃或整理，一天轉眼就過了。

棒球也只看了一兩天，就感到無聊乏味。雖然內心想著，要趁性格簡潔俐落的同居人不在時，把家裡稍微弄亂一點，但真有機會時，這種脫軌行為卻不怎麼令我躍躍欲試。為了能共同善加使用「家」，遵守主要由同居人訂立的規則不是什麼太麻煩的事，而我的身體已經熟悉了這個規則。啪啪啪，以最少的動作有效率地做完家事後，大部分時間我都是躺著度過。在家時沒人來煩我，也沒人替我擔憂的平靜時光，在一切都能預測的狀態下流逝了，就像先前獨自度過的二十年。度過這一週的同時，我患了平常也很少得到的重感冒。

結束出差與家庭旅行等所有行程，同居人終於回來的那天，我去金浦機場迎接她。告知抵達的電子顯示板整排都是令人眼花撩亂的「誤點」。由於濟州機場有班飛機的輪胎破損，跑道遭到封鎖，之後的航班不是陸續折返，就是出發時間延誤。

我坐在抵達大廳的塑膠長椅上等了許久，思索過去十個月與某人住在一起後我的變化，以及最近一週內再度消失的那些變化。名為他人的存在，必然會對彼此造成麻煩，偶爾也會製造出因輪胎破損導致航班誤點等無法預測的意外。同居人不在的一週，我的生活回到平順從容且有效率的模式，卻喪失了一個極為重要的東西——歡笑消失了。

雖然我覺得自己是因為度過了繁忙痛苦的一週，才累到患了感冒，但其他假設鑽進了我的腦袋。會不會是因為獨自胡亂解決三餐，一直保持緊繃狀態，加上始終愉快開著玩笑的電源被關掉了，免疫力才變弱？消除生活上累積的壓力、緊張與擔憂的，並不是多了不起的東西，而是微不足道的捉弄、無關緊要的玩笑與垃圾話。Wanna One的歌曲〈想要擁有〉中有一句歌詞「想在結束每一天前講講無聊話」，每個人想擁有的，並不是一段只說必要話的關係，而是一個能對彼此說些無聊垃圾話的對象。

最後，我在一群剛戶外教學回來、鬧哄哄解散的國中生之間，發現了個子與他們不相上下、一張圓臉的同居人。就連騎自行車跌跤而磨破膝蓋時都沒哭的我，莫名地開始啜泣。因為，可以和我在一天結束前，跟我一起開很蠢的玩笑、講無聊話的人回來了。

破壞之王

假如希臘神祇邁達斯可將伸手觸及的一切變成黃金，那我則是伸手就會弄壞東西的人。若用四個字總結我的人生，那將會是周星馳的電影《破壞之王》。我還想到了黃芝雨的詩句：「好悲傷／我曾深愛的每一處／全都化成了廢墟。」我當然不是有意弄壞東西，只不過幾項人格特質引起的化學作用，導致每次都以悲劇收尾。天生粗枝大葉，加上性格急躁、力氣又大，也不知道東西該怎麼用就急於使用蠻力，結果就把東西弄壞了。

本來就不擅於收納整理，又是個機器白癡，好不容易買來的東西也不懂得好好保養，弄壞的情況頻繁發生。把我和同居人的生活用品合併後，我們家的Vornado小型渦流空氣循環機變成兩臺，而我是透過同居人才第一次知道，原來過了夏天要把它分解、擦拭灰塵，再重新組裝收存。雖然我也隱約覺得應該那樣做，但夏季結束後，老是忙著其他工作，還沒來得及清理，隔年夏天就又不知不覺地到來了。

在此，我為那些在我身邊短暫停留、還沒來得及萬壽無疆就故障的家電產品祈求冥福。疑似因為沾上貓尿而故障的除濕機；不明原因但反正無法啟動的無線吸塵器等，搬家後都在同居人的主導下做了整理，至於不會再打開卻一直留著的好幾臺筆電，則到現在都還沒處理。三不五時就弄壞東西，竟然還沒辦法斷捨離？就連寫這篇文章的我都忍不住想「怎麼會有這種人？」但那人正是在下我。

至於同居人是什麼樣子呢？她和我恰恰相反，只買必要的東西，也會好好保養、長期使用，還是熱愛閱讀《工具與機器的原理》（The Way Things Work）這種書、享受其中的人。和這樣的同居人一起生活後，我雖然獲益良多，但換個角度想，對同居人來說，這就像在踩她地雷般難以忍受。

為了迎接冬天到來，我們家買了一臺暖爐。本來我認為插電的暖爐就夠了，但同居人主張要買煤油暖爐，說由電阻引起的假火，和真火搖曳蕩漾的感覺不同。因為已經決定按照同居人的意見挑選購入的機型，我很快就被說動了。暖爐，也果然溫暖得不得了。雖然對煤油暖爐懷有些許恐懼，但只要小心使用、讓空氣流通就不會有問題。

我愛上這暖爐的原因有兩個，其一是打開暖爐後，貓咪們就會聚集在周圍，慵懶地伸展身體，享受暖呼呼的感覺。另一個就是可以把任何東西放在滾燙的板子上烤來吃。放上水壺煮水，會有水蒸氣發出噗噗聲，構成一幅浪漫的冬日家居風景。如果把橘子連皮一起擱上，滾動個幾次，會散發香醇滾燙的風味。還有，地瓜正是最適合放在這暖爐上的品項，把兩個用鋁箔紙包好的地瓜放上去，大約半小時後拿起來吃，那種在口中滾燙化開的感覺，成了冬季的最佳零嘴。

某個晚上，我一如往常將地瓜放在暖爐上烤熟，卻不知怎麼搞的傳出了焦味。因為烘焙紙不太夠用，勉強才將地瓜包起來，卻有黏答答的湯汁從縫隙流了出來。

同居人察覺到味道，說：「有焦味耶，是不是地瓜流了什麼出來？」

我也不曉得為什麼沒有照實回答，人類犯錯時，不是會先跑出試圖隱藏的本性嗎？搞不好是一種想先保住地瓜的動物本能。總之，我脫口而出了很快會被拆穿的謊言。我打算先吃完地瓜，趁同居人發現前趕快擦乾淨，但……馬虎的破壞之王沉浸在地瓜的香氣之中，連暖爐被弄髒的事實都徹底遺忘，想進行完全犯罪，根本是痴人說夢。就在我打算偷偷擦掉黏在暖爐上的汙漬前，同居人先發現了。

「呃……難道妳剛才都發現了，還沒老實跟我說嗎？」後來根據同居人的回想，那一刻我的瞳孔晃動得很劇烈。

同居人沒說什麼，只是安靜地用水把餐巾紙弄濕，開始擦拭暖爐上的煤灰。雖然我說要擦，但我成了比破壞之王更糟的人，是說了謊後失去信任的破壞之王。我坐也不是、站也不是，在同居人與暖爐搏鬥時，只能安靜地坐在旁邊，在內心默默罰站。奮力擦拭好一陣子，還是沒辦法將煤灰完全去除，於是同居人拿來小蘇打粉和食醋，將那個地方弄濕後又走進浴室。刷刷刷，對坐立難安的我來說，規律的刷牙聲彷彿充滿了憤怒，但也很合理。同居人從浴室出來後，回到剛才弄濕的地方，再次開始用力揉擦暖爐。這次，粗糙的聲響又像是有砂紙在耳邊摩擦似的，當下，我覺得時間好漫長。

假如廚房有什麼東西燒焦了，各位，請務必記住蘇打粉與食醋這個組合。在化學作用的協助下，焦掉的地瓜痕跡被乾乾淨淨地抹去，而我也乾乾淨淨地被寬恕了。我又學到一項生活智慧。我的同居人不僅是個手腳俐落的清掃王，還很寬宏大量。處罰是洗滌一次抹布，還有往後獨自在家時，禁止用暖爐烤食物，地瓜事件就這樣告一段落。

我懷著慶幸與輕鬆的心情，試著想像獨自生活在平行宇宙的自己。那裡沒有手腳俐落的同居人，只有略為心酸地獨自烤地瓜來吃的破壞之王，吃烤地瓜時掉落的痕跡會黏在那裡，汙垢也會逐漸累積，暖爐則是在生命尚未走到盡頭之前就被棄置。啊，那平行宇宙的冬日風景，真是髒亂淒涼啊。

HAWAII
DELIVERY
BAR
MANA
GEME
-NT
FOR
EVER
YOU
NG

幸好我們住一起

金

一個人住時，當我躺下來打算入睡，偶爾會聽見家具的木材裂開「嗒」的聲響，或玄關有人的腳步聲，睡意頓時消失無蹤。就算我再次確認所有門窗都鎖好，貓咪安然無事，再次打算入眠，節奏也已經被打斷。越是想為了隔天而努力睡著，也只會徒增不安與胡思亂想。我會一邊回想自己的大小失誤，一邊不甘心地踢著棉被，或事先嚇自己，要是明天的工作出錯該怎麼辦？甚至想到剛才打掃時漏掉的部分而懊悔不已。

睡意逐漸消失，各種想法接連出現，以漸層法渲染開來。現在交往的人可以走到什麼時候？我能工作到幾歲？要是我生病了，貓咪該怎麼辦？……根據過去閱讀的腦科學書籍，這類負面想法會流入大腦中類似閉路的地方，之後也不會消失，會如倉鼠持續轉動滾輪，招來更多負面想法。碰上這樣的夜晚，我會徹夜難眠，隔日只能帶著乾澀的雙眼與疲倦度過一整天。

我甚至曾向好友吐露：「真希望對面房間住了一個『睡得很好的人』。」家裡只有我，家的安危必須由我全權負責，這加重了我的不安與疲勞，就像一年四季在某處運轉的熱水器般，一個人住就會持續消耗某些不必要的能量。

和別人同居最棒的優點之一，就是他人成了很強大的注意力轉移要素。過度提心吊膽或被不安蠶食的機率明顯減少。削水果時隨口閒聊幾句，也能讓我在無形中宣洩某些抑鬱或焦慮。住在一起後，也無暇被隨時產生的負面情緒束縛。光是知道家裡還有另一個人在，就能獲得心靈的平靜。不，她也不一定要待在家裡，只要知道有人會每天回到家中就足夠了。

雖然我說過，我一直很喜歡一個人住，就算一整天不開電視，也很享受獨處時光。就像一個人旅行慣了，後來體認到與某人同行能放鬆心情，才發現自己之前有多緊繃、神經兮兮。開始同居後，出乎意料的是，我的失眠彷彿被洗去般消失得無影無蹤，甚至因為睡太多，讓我開始有點擔心，而這一點對同居人來說也一樣。

只到轉移注意力為止還很棒，但我的同居人經常徹底奪走我的注意力。因為黃善宇是令人聞風喪膽的破壞之王，只要碰到某樣東西，它就會壞掉、變髒或故障。在家裡時，一下撞到這裡，一下又灑了什麼東西的黃善宇，就像還沒長大的黃金獵犬。有個名詞叫「大型犬男友」，用來形容體格魁梧、性格開朗單純的男朋友，而我就好像和「大型犬女友」住在一起。弄亂東西還情有可原，這隻大型犬還會弄傷自己，讓人心疼。

有一次同居人在陽臺清理貓廁，卻在起身時腰部撞到安裝在低處的水龍頭，痛得四處打滾。所以，我就在網球上畫了一刀，在水龍頭上安插了安全裝置，再用其他網球，把黃善宇可能撞到的每個尖角都安全收尾。在我們家把這項工程稱為「威爾森」，因為施工材料正是威爾森網球。

可是在家以外無法進行「威爾森」的地方，破壞之王也經常發生自我破壞的意外。一起去濟州島旅行時，黃善宇說要當成半程馬拉松出戰的練習，一大早就跑上偶來小徑登山，但因為實在太久沒有回來，我開始感到不安之際，聽到有人敲房門。我正要開門，但黃善宇擋住門，只讓我打開約十公分，並且警告我不要嚇到。打開門一看，黃善宇身上有一半沾滿泥濘，而且渾身是血。我瞬間嚇壞了，淚珠簌簌滴了下來。

原來黃善宇走上了雨水未乾的泥石路，滑了一跤，膝蓋撞出一個洞，到處都磨破了皮。從那天開始，早上一拐一拐地到西歸浦的社區診所換繃帶，成了每天要做的第一件事。我還以為之後不會再有這種事了，畢竟我們不是每天跑跑跳跳、動不動就摔跤的孩子，但黃善宇就是可以在騎自行車時摔跤、跌破膝蓋，被公司廁所門傷到腳踝，以致縫了十一針。只要我快要遺忘的時候，又會奪走我所有注意力，而每一次，我都會被嚇哭。我沒想到有人會在成人之後還這麼會摔跤受傷，更沒想到自己會因朋友受傷而哭泣。

扣除會受傷這點，黃善宇成了我人生中最理想的注意力轉移要素。我一直都很欣賞喜歡活動身體的人，包括那種活力、滿臉通紅時所散發的健康能量。在家裡會到處撞來撞去、做身體伸展、肌肉運動、穿上緊身褲去跑步、在家前面的運動中心學芭蕾、體力鍛鍊、瑜珈等，有這麼一隻黃金獵犬，不，有一個人在旁邊，也會把這份活力感染給另一個人。希望可以同住的原因之一，也是希望藉由一直在活動身體的黃善宇，在她的健康能量場內受到影響。

對於十五年來只住在西村、三清洞等西大門區的我來說，有了活力充沛的同居人，以及無限延展的漢江河畔這個全新環境後，對我也帶來變化。始終夾在書堆裡，只喜歡在巷弄裡慢慢散步的我，不僅開始學習游泳，也開始認真騎自行車。直到因為某事件中斷游泳為止，我已經上到了蝶泳的高級班，也可以沿著漢江騎自行車，輕輕鬆鬆地奔馳三十到五十公里。人的變化，果然不是靠意志就能成功的！與誰一起住，還有住在哪裡，是人生很重要的變數。

不過，我要在這裡暫停一下，說說之前我騎自行車的故事。因為同居人打來電話，所以我暫時停下自行車，接起電話。

「妳在騎自行車喔？在哪邊附近？」

由於天色已暗，我四處張望，想知道自己身在何處，結果發現了漢江對岸「中央大學醫院」的霓虹燈招牌。

「喔，在我們被診斷為肥胖的地方附近……」

充滿活力地在運動，因此也充滿活力地進食，同居後第一次的健檢結果，我們都被診斷為肥胖……這表示我們吃得很好、活動量大，睡得也很好，雖然好像應該稍微再少吃一點、多動一點就是了。

同居人體力很好，加上天生就很勤奮。超過四十歲，體力和勤奮有密切關聯，就算想表現得很勤奮，如果沒有體力作後盾就辦不到。一起喝完酒的隔天，當我很晚才起床解酒，接著再次鑽進被窩，病懨懨地躺著時，同居人已經一大早就出門上班。如果是休假日，她也會比我更早恢復活力，開始打理家事，甚至去慢跑，所以我也必須看同居人的眼色，正面的那種。

即便是離開被窩都會懼怕的寒冷早晨，也會因為不想讓同居人覺得我意志薄弱而去游泳池，還有碰到想裝死不寫稿、一整天滾來滾去的時候，也會覺得被同居人看到很丟臉而打開筆電。家裡住了一個值得尊敬的人，要比住了一個嘮叨不停的人，更能賦予一千倍的動力。儘管要看同居人的眼色不斷做些什麼，但累積的成果都屬於我自己。增進的體力、更豐碩的成果，反過來帶給我更多成就感與動力，所以我經常對成為榜樣的同居人心懷感激。

同居人在雜誌界工作了二十年，其中十三年投身同一家媒體。從創刊號開始，十三年來每個月按時做出一本雜誌，撰寫品質出眾的報導、挑選訪談、進行海報和影片拍攝，而且完全不搞什麼小動作，很認真工作。我每個月都在旁邊看著，所以可以作證。黃善宇辭掉《W KOREA》的編輯職務、休息兩個月後（這段時間我們一起去了夏威夷與華欣盡情玩水），到新公司上班的第一天，我主動說要送她到公司。我想看著同居人走進新職場的背影，全心全意地為我那勤奮、活力充沛、值得信賴的大型犬同居人鼓掌加油。

望遠洞的自行車生活

「開始奔馳後，就停不下來了。」

有一段時間，當我下班回家，同居人就會一臉興奮地向我報告，今天又騎自行車騎了多遠。她從位於城山大橋旁望遠洞的我們家出發，騎到銅雀大橋、聖水大橋、清潭大橋，距離越來越遠，因為陽光很和煦，因為吹拂在臉上的涼風溫度恰到好處，因為在頭頂上開展的雲朵紋路很美，因為完成一項工作後滿心喜悅，因為「Hawaii Delivery」列表的音樂實在太棒了……每一天，都有各式各樣的理由無法停止踩下自行車踏板。

「我本來覺得自己算是很瞭解使用首爾的方法了，現在又多了一項。」同居人的雙眼閃閃發亮，說著橫跨潛水橋[17]中間的坡道後，雙側被河水包圍，騎著自行車疾速往下溜時，還有在漢江中央停下來望著西邊的晚霞時，心情真是超棒。金荷娜認為復健重訓或慢跑這些我為了生存、「為了運動的運動」很單調，但說起自行車，她則是個持續更新自身紀錄、精益求精的選手，就像是不會怪罪工具不好的匠人般，超過十年的老舊自行車也難不倒她。

當初決定搬過來，對望遠洞還很陌生時，是彷彿於北京或阿姆斯特丹見過的自行車風景，為這個社區賦予了個性。相較於我先前居住的上水洞，望遠洞面積寬廣、大部分是平地、沒有山坡，是很適合騎自行車的環境。此外，社區中心就有市場，大嬸或奶奶們悠然自得地騎著輪子很粗糙的自行車買菜回家的風景也很普遍。某個角落被稍微壓扁的車籃上，有大蔥探出頭來，或裝滿了圓滾滾的馬鈴薯，這些緩慢移動的老舊自行車，給人一種望遠洞很適合長期居住的印象。後來搬來才發現，就連洗衣店大叔也會把用透明衣套包好的外套和襯衫層層疊在肩上扛著，彷彿耍雜技般輕快地用單手控制自行車、四處配送。畢竟這裡是望遠洞。

在望遠洞住滿一年時，恰好碰到金荷娜生日，最好的生日禮物莫過於新的自行車。兩人先決定好想要的品牌後，一起搭計程車到專賣店去選款式，最後由我買單。當閃閃發光的黑色 TITICACA 到手時，金荷娜不知道有多開心，接著她沒有半點猶豫，就把我丟在原地，自己一個人吹著風，咻地一路騎回足足有四個地鐵站距離的家（金荷娜的生日是十二月十六日，那一年的寒流真的很驚人）。

雖然一起開心地乘風騎車應該很棒，但老實說我對自行車懷有些許恐懼。就像金荷娜之前的自行車一樣，我那車齡大約十年的自行車輪子太小，很不穩定，只要稍微轉動手把，就會搖晃得很厲害。當巷子裡突然有汽車蹦出來，或社區的小朋友跳出來衝向我，我也沒辦法巧妙熟練地閃開，只能猛然剎車。此外，先前我騎著它去吃解酒湯，結果狠狠摔了一跤、跌破膝蓋後，我就變得更加小心翼翼。從另一個角度來看，隔年春天我生日時，沒有比全新自行車更適合的禮物了。後來莫名拖了好幾個月，在同居人拜託我收下禮物的催促下，我們又去了有四個地鐵站之遙的那家自行車專賣店，挑選了款式相似的 TITICACA。因為我沒有信心能咻地騎回家，所以是將它摺疊好，用車子載回來。

有了新自行車的那年秋天，我成了一直以來都覺得「說真的，這樣是不是有點怪怪的，跟別人不太一樣？」的那種人——單車通勤族。後來發現，騎自行車是從我們家到公司最快的交通工具。搭社區巴士要花半小時，又因為距離太近，

17 橫跨漢江，橋上面興建了盤浦大橋。

上班時間不容易攔到計程車，但自行車在十五分鐘內就能將我順利送到公司。

雖然我也不是什麼達人，只是一名小小的初學者，無法大搖大擺地怪罪工具怎麼樣，但換成性能佳的新自行車後，我對騎車的恐懼也消失了。就算有障礙物出現也可以調整速度，輕而易舉地閃躲；碰到些許上坡路時，只要擁有七段變速器，全都是小菜一碟。上坡時，結實大腿迸發的爆發力令我更自豪了。奇怪了，為什麼過去我不做這麼棒的事？過去的我，就好像放著可以躺下的床不管，一直坐著生活似的。

開車時、搭社區巴士時，世界以不同的速度與框架映入眼簾。而全新自行車帶來的感覺，足可媲美杜比環繞全景聲的強度。映照上班途中的早晨陽光如此和煦，停等紅綠燈時吹來的秋風如此清爽無比。甚至想到隔天早上要騎自行車，就暗自期待起上班。啊，就是因為這樣才會停不下來，才會一口氣奔馳四十公里到清潭大橋啊。

雖然比自行車昂貴的禮物比比皆是，但沒有比它更能帶來豐富故事的禮物。我們將漢江、社區巷弄、和煦天氣、結實大腿、愉快的上班路送給彼此，理解有些怪怪的彼此，也從對方那裡獲得了理解。

假如我們分道揚鑣

和金荷娜大吵卻還沒和好前，假如我還沒消氣，就會偷偷做某件事——登入不動產APP查看物件。我會氣呼呼地說：「我自己也可以過得很好，真的不行就一刀兩斷啊，有什麼了不起！」一邊瀏覽比現在住的房子更小、適合獨居的二十坪以下公寓。

未來，這一天也可能會到來，像是吵得不可開交、有人結婚，或彼此人生方向不同，必須分開住時。

為了這一天，事先制定好聚好散的原則之類的比較好。就像預防死亡可能會不期而至，事先寫下打點後事的遺囑一樣，儘管到目前為止，也只是想想而已。

住在一起後，把重複的加以整理，只留下其中一個的東西，只要回到原持有人手中就行了。曾是木匠的黃英珠製作的書桌歸金荷娜；因為白框比較美觀，所以只留下了我的電視，還有我媽為了慶祝入厝而送的冰箱則歸我；金荷娜的母親買的空氣清淨機歸她；一起購買的家具、共同收下的禮物要何去何從，倒是有些苦惱。客廳的桌子與按摩椅組、一起挑選的燈或琴葉榕等，不僅包含了我們共同的喜好，也蘊含了為我們的生活增添的插曲和故事。雖然心想，是不是應該看誰更熱愛、珍惜那樣物品，就各自分走一件，但想到所有故事轉眼間迎來結局的光景，就覺得和破產的家中貼上查封條的老掉牙劇情一樣淒涼。

「總會有先毀約的人吧？沒辦法忍受彼此、墜入命中注定的愛情之類的，那麼先說要出去的人，就要先放棄生活用品的相關權利。」

我在寫這篇文章時問了金荷娜的意見，結果她很爽快地如此回答，似乎很確定自己絕對不會是先毀約的人。也可能是因為她對物品的執著遠少於我。總之，我們兩個儼然都沒有一人離開、另一人留下，之後另找室友延續生活的想法。就像買房時那樣，我們會把房子處理掉，金額對分後，再去找各自要住的地方。

物品怎麼樣都無所謂，但彼此住的地方必須隨時可以看到貓。這個原則是為了人好，也是為了貓好。當了幾年的家人，貓與人之間的關係也逐漸加深，金荷娜的Haku和Tigger，以及我的Goro和永培，如今也成了對彼此無比重要的存在。假如因為人的緣故而不再見面，雖然對人來說也極為悲傷，但連解釋都聽不到的貓一定會非常傻眼。儘管因旅行或出差而不在家時，彼此身邊都有可以幫忙照顧貓咪的朋友，但沒有像彼此一樣在身邊看著好幾年的最佳貓奴代理人。沒有人比我們更瞭解這隻貓動過膀胱手術，所以進浴缸坐著時，就表示牠口渴了，要把水打開，讓牠喝個夠；要是給太多飼料，貓會因為吃太急而嘔吐；用弓著腰的姿勢走路時，代表貓沒辦法好好解便，覺得不舒服。

查看社區新大樓的價格時，不動產市價總是居高不下，想到搬家過程不知道有多麻煩，還有要重新買的各種物品，最後就會覺得都好麻煩，萌生「果然還是要和金荷娜好好相處」的念頭。和好後更是如此。

「美好時真的非常美好。」就像村上春樹描述婚姻生活時所說，我們也有非常美好的時候。我還能碰到一個聽到很無聊的笑話時也會笑，輪流播放拓展彼此喜好的音樂，一起跳很蠢的舞步，還有結束筋疲力竭的一天時，安慰我、跟我說我依然很不錯的人嗎？這種幸運，一生中會降臨那麼多次嗎？不對，無論遇見了誰，又得互相配合、吵架、合併行李、丟掉家當，然後又因為丟不掉而吵架……想到要邊磨合邊生活，果然意欲盡失。最重要的是，假如讓貓咪們分開，Haku與Tigger、Goro與永培什麼都不知道，就突然再也見不到彼此，我又該怎麼解釋呢？

雖然有朝一日，我們也會走到盡頭，但我想盡可能延後這一天的到來。我可還沒有打算放棄我們家生活用品的股份。

家人，以及更大的家族

金

雖然貓有四隻的事已經提了好幾次，但事實上四隻並不是全部，還有Guru和Momo，牠們是住在我們樓下兩層的李艾莉家的貓咪；另外還有住在幾步之遙的插畫家金昊家的Mango；不只貓咪，也有狗狗，像是黃英珠家的德動；住在同一區的韓醫生洪藝媛家的亞貢；附近也有認識長相和性格的流浪動物們。我們形成了一個網絡，要是有人去旅行不在家，其他人就會去幫忙清理貓砂盆、帶狗去散步。當經常去旅行的阿哲白星夫婦長時間不在家時，我們會去他們家替植物澆水；我們不在家時，住同棟大樓的李艾莉或金歐澈也會幫忙照顧我們的貓。黃英珠每週要帶上年紀的德動去醫院一、兩次，我會開車送他們去。亞貢是混種柴犬所生，當牠透過動保團體Kara來到洪藝媛院長家時，可愛模樣在社區引起了騷動，也成為我們歷史的一頁。而這些人，三不五時就會聚在社區酒館巴塞隆納。

社區咖啡廳也不可不提，我在望遠洞最喜歡的兩家咖啡廳是Small Coffee和Daeroo Coffee，都是精緻的小店。Small Coffee的老闆曾經冷不防地送海苔給我，我用海苔包飯吃時心想，這裡真是個有人情味的社區。

有一次，我先讓黃善宇在位於合井的餐廳下車，因為附近沒有停車的地方，只能驅車進入附近的購物中心。停好車，剛好走進購物中心的人向我打招呼，定睛一瞧，原來是Daeroo Coffee的老闆夫婦。

「我們第一次來附近的千層麵餐廳吃飯，剛停好車出來。」

「啊，那家很好吃！」我們稍微寒暄後就分開了，後來在餐廳等上菜時，有人走了過來，是老闆夫婦倆。

「您不必特地在購物中心消費。」然後將自己的發票給了我們，如此一來，我們就不必付停車費。我的天啊，這麼貼心的舉動也太令人感激了。

我們一家六口並不孤單，而是以W_2C_4的模組，矗立在望遠洞逐漸編織成形、良善的鬆散聯繫網中。比只基於血緣這個理由而偶爾打照面的親戚更加親近，更開心見到彼此，也比只基於血緣這個理由來拉近關係、照顧他人更加純粹溫暖。

不久前，阿哲君在出門上班時說，公婆寄了很多親自種的馬鈴薯和洋蔥，已經用「電梯快遞」送上來了。「電梯快遞」是阿哲君家和我們家之間物品往來的方式，是只把物品放在電梯內，但人沒有搭乘的系統。最早是因為有一次很晚回家，但很想把別人送的蛋糕切片分給阿哲君他們，又擔心會妨礙到已經穿上舒適便服休息的人，於是就說：「我現在用電梯送上去，趕快過去拿！」然後只把蛋糕送去。之後，水果、紅酒、小菜、借走的書等都靠著電梯上上下下。收到阿哲君寫著「現在送上去」的訊息後，抵達我們那個樓層的電梯門「噹！」一聲打開，裡面放了一個裝滿馬鈴薯和洋蔥的塑膠袋。

金歐澈要我們拿一些，剩下的再麻煩我拿去巴塞隆納酒館。金歐澈與黃英珠在巴塞隆納尚未開張前，我就已經介紹她們認識，已經是十多年老友。我騎著自行車去配送馬鈴薯和洋蔥後，過了兩天，黃英珠說她用那些食材煮了分量超多的咖哩，要我們過去吃。金歐澈的公婆特地寄來的馬鈴薯和洋蔥成了黃英珠的咖哩，在社區內形成了循環。

同棟大樓的朋友除了阿哲君夫婦，還有李艾莉和金漢成夫婦，我以他們的綽號稱為「艾莉賽翁」夫婦。艾莉賽翁夫婦和同事共同經營設計工作室「Baton」，和我也有合作。由於他們過去也住西村，彼此頻繁接觸而變得熟稔。和我認識前，李艾莉和黃善宇就已經是朋友。身為平面設計師的李艾莉，在我離職後曾在TBWA Korea實習，所以也認識金歐澈。李艾莉同樣是很中意阿哲君的家，於是決定搬過來的案例。換句話說，只有五十五戶的同一棟大樓內，就有三戶是朋友。

我們和艾莉賽翁夫婦不需要使用「電梯快遞」，因為我們住同一排，而且樓層只差了兩層。所以和他們是使用「門把快遞」系統——傳訊息告知「掛在門上了喔」的方式。愛莉賽翁夫婦也養了兩隻貓，旅行時把貓託付給他們很放心，加上兩家住得很近，也不會太有壓力。

艾莉賽翁夫婦的辦公室就位於巴塞隆納那棟建築物內（聽說因為員工增加，公司很快就要搬遷）。為什麼會變成這樣呢？因為那棟建築物的持有人是我的前輩，而我們所有人都是酒友，彼此都認識。酒友不會特別區分我的或你的朋友，去巴塞隆納吃黃英珠的咖哩飯時，艾莉賽翁夫婦也和同行的人正在開酒席。

上週六，因為白星去出差，我和同居人引誘阿哲君過來和我們一起，別一個人吃飯。三人在社區內大咧咧地走著，吃完餃子火鍋後就去了巴塞隆納，因為那天我碰上了好事，想請大夥喝杯紅酒。結果大家輪流請紅酒，酒席也一如往常越喝越起勁。夜深之際，結束工作的艾莉賽翁夫婦也驀然現身。我們很自然地併桌喝酒，酒席在凌晨一點左右結束，我們向老闆黃英珠告別後，住同一棟大樓的五人開始朝走路要二、三十分鐘的家前行。

那是個秋高氣爽的夜晚，帶著朦朧微醺的意識和好友們一起走著，心情真是好極了。我們沒有讓友人上計程車回家，而是真的在家門口分開，感覺就像過去住在同一村的居民般充滿了人情味。鄉下送來的馬鈴薯和洋蔥，搖身變成了與整個社區共享的咖哩，結束一週工作後，同一區的人很自然地碰面，互相拍背打氣，平時也幫忙照顧彼此的貓和狗、處理一些小事，就像一起度過人生的美好時光。而此時的我，正一邊把金敃澈的公婆寄來的香醇花生剝來吃，一邊寫下這篇文章。

此時在我身邊的，就是我的家人

黃

進入冬季時，全公司的管理階層收到了電子郵件，內容是告知公司有提供員工醫療優惠，要大家在十一月去打流感預防針。一旦患了流感，生病期間不僅生產力會下降，也可能傳染給其他員工，所以要事先預防。我們公司除了提供流感接種疫苗費用給員工，也適用於住在同一個家中的家人。因為生活在一起，又是會經由接觸感染的疾病，鼓勵家人接種是很合理的關照。在公司附近指定的內科醫院打完針，帶著火辣刺痛的手臂回家後，我對同居人說，希望也可以讓她接種疫苗，也認為這樣才對。雖然名字沒有放在身分證上，但她是和我住在一起的實質家人。

有個朋友和交往對象同居，因為兩人都不想結婚，所以現在一起照顧一隻狗，成為經濟共同體已有數年時間。有天凌晨，交往對象因劇烈頭痛去了急診室，就在必須直接住院接受手術時，朋友以關係人的身分照料了好幾天。但是詢問與患者關係的文件上，只有「家人」的欄位，所以只能寫「朋友」。領取寄到家裡的掛號郵件時也一樣，朋友變成無法正名的對象，在微不足道的日常生活中，處於身分模糊的狀態。

像這種沒有被分類的關係必然存在於現實生活，萬一我現在突然哪裡不舒服，必須接受手術，與其把住在釜山的年邁母親叫來，我會直接讓身旁的同居人擔任關係人的角色，而我也同樣做好擔當照顧者的角色。假如在醫院填寫資料時，有一個名詞，能比「朋友」更能解釋對彼此的責任與義務關係，就能把我們和朋友的情況囊括在內。好比說，「生活伴侶」之類的？

關於指定伴侶，扣除所得稅、健康保險被扶養者登記、允許瀏覽醫療紀錄等生活伴侶法的討論，即是出自這種需要。法國已經實施了「公民結合」制度，不結婚但同居的伴侶因此能獲得稅金與福利優惠。

年底報稅時，職場人士一年可有十萬韓元的政治補助金，而指定一個替我的利益代言、服務的女性政治人物、贊助她十萬韓元，成了每年屬於我的儀式。幾年前，我贊助了推動生活伴侶登記法的共同民主黨陳善美議員。被問到「生活伴侶法是不是等於否定或動搖既有的家人關係」時，陳善美議員回答：「威脅既有家人關係的並不是特定的制度，而是導致家庭成員無法照顧彼此的沉重現實。生活伴侶法是鼓勵大家彼此照顧、成為家人的獎勵法案。」

一人家庭逐漸增加，往後更是如此。人們實際的生活樣貌會比法律、制度、觀念變化得更快速。如同在一家公司待到退休，一輩子堅守單一職業的僱傭勞動模式已經崩解，不符合傳統家庭形式這種以婚姻或血緣結合的情況也會與日俱增。此外，預期壽命逐漸拉長，百歲不再遙不可及。不僅是不結婚但選擇同居的情侶，還包括離婚，或因生離死別而獨自留下的中、老年人也會增加，也可能像我與同居人一樣，與同性好友互相依靠生活。那麼，福利政策應該朝何種方向發展呢？我希望，碰到用比較鬆散的型態住在一起的伴侶、與心意相通的某個人一起生活的情況時，也可以給予包容，讓他們具有充分資格扮演彼此的關係人。

互許終身，決定以婚姻這個強力約束綁住彼此，自然是一件美好的事，但即便不是如此，在一個人的生命週期，假如能在某段時光互相照顧、成為彼此的依靠，不也很溫暖嗎？既然個人欣然為彼此帶來這種福利，法律和制度就必須加以輔助才對。當有別與過往、形式多元的家庭變得更加穩固健康時，社會這個共同體的綜合幸福指數，必然也會跟著提升。

∵ 喜歡獨酒的人，如今和最棒的酒友住在一起。∴小矮人與大貓咪。

我們在彼此相差半年的生日當天，送自行車給對方。不在家時，留給鄰居的備忘錄：貓咪就麻煩你們了。身穿患者服，戴上患者和主要關係人的手環，用音樂節風格拍了認證照。

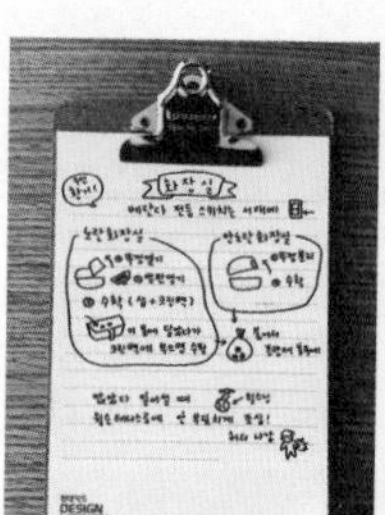

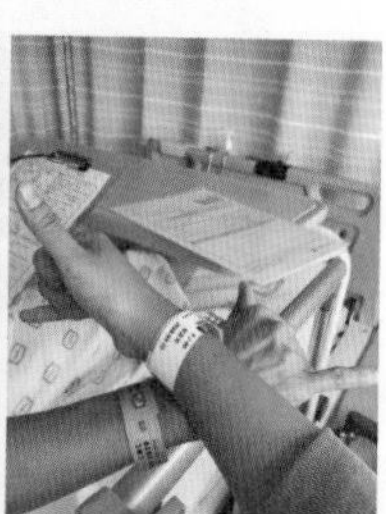

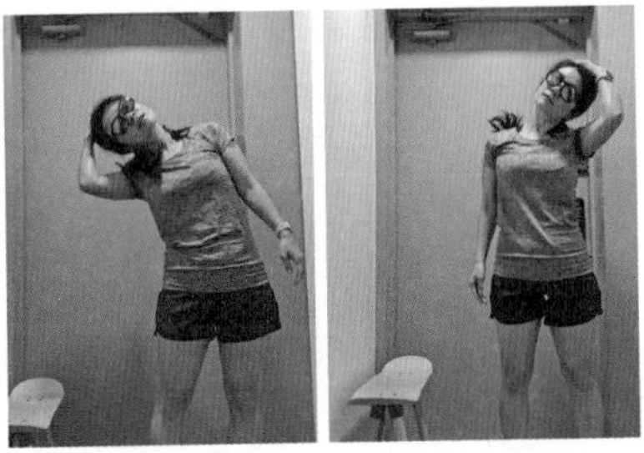

住得離漢江很近，去跑步和騎自行車都很棒。

更大的家庭！分享會使喜悅加倍。等這本書出版後，我們要再開一次派對！

peony

I AM NOT ALONE

⁘ 與阿哲白星夫婦去旅行那天，突然拿起熱狗和肉乾高歌。照片是阿哲君拍的。
⁘ 當家的戴上安全帽，騎自行車上班去囉。

兩個女人住一起：非關愛情的同居時代／金荷娜（김하나）、黃善宇（황선우）著．簡郁璇 譯．-- 初版．
– 臺北市：時報文化，2021.2；面；14.8╳21 公分．--（Life：049）
譯自：여자 둘이 살고 있습니다
ISBN 978-957-13-8520-4（平裝）

862.6 109021107

ISBN 978-957-13-8520-4
Printed in Taiwan.

Life 049

兩個女人住一起：非關愛情的同居時代

여자 둘이 살고 있습니다

作者 金荷娜、黃善宇｜**譯者** 簡郁璇｜**主編** 陳信宏｜**副主編** 尹蘊雯｜**執行企畫** 吳美瑤｜**封面設計** bianco tsai｜**編輯總監** 蘇清霖｜**董事長** 趙政岷｜**出版者** 時報文化出版企業股份有限公司 108019 臺北市和平西路三段 240 號 3 樓 發行專線—(02)2306-6842 讀者服務專線—0800-231-705．(02)2304-7103 讀者服務傳真—(02)2304-6858 郵撥—19344724 時報文化出版公司 信箱—10899 臺北華江橋郵局第 99 信箱 時報悅讀網—www.readingtimes.com.tw 電子郵件信箱—newlife@readingtimes.com.tw 時報出版愛讀者—www.facebook.com/readingtimes.2｜**法律顧問** 理律法律事務所 陳長文律師、李念祖律師｜**印刷** 和楹印刷有限公司｜**初版一刷** 2021 年 2 月 26 日｜**定價** 新臺幣 390 元｜（缺頁或破損的書，請寄回更換）

時報文化出版公司成立於 1975 年，1999 年股票上櫃公開發行，2008 年脫離中時集團非屬旺中，
以「尊重智慧與創意的文化事業」為信念。